就这样走到了故乡

向阳 编

余光中 梁实秋 林海音 等著

江苏凤凰文艺出版社
JIANGSU PHOENIX LITERATURE AND ART PUBLISHING, LTD

献给所有看清人生真相，却仍然怀有温情的人。

目录

这是写给一代人的生命记事，娓娓道出对故乡风土人情的感恩与怀念。只要记忆的河流不止息，人就可以诗意地存在。

——引言

第一章　这些人，那些事

说故事的人都有一座属于他们的灵魂之城，一再书写一再传说，深怕这些人那些事，从此就再也没有人知道了。

我的四个假想敌

余光中

二女幼珊在港参加侨生联考，以第一志愿分发台大外文系。听到这消息，我松了一口气，从此不必担心四个女儿统统嫁给广东男孩了。

我对广东男孩当然并无偏见，在港六年，我班上也有好些可爱的广东少年，颇讨老师的欢心，但是要我把四个女儿全都让那些“靓仔”“叻仔”掳掠了去，却舍不得。不过，女儿要嫁谁，说得洒脱些，是她们的自由意志，说得玄妙些呢，是因缘，做父亲的又何必患得患失呢？何况在这件事上，做母亲的往往位居要冲，自然而然成了女儿的亲密顾问，甚至亲密战友，作战的对象不是男友，却是父亲。等到做父亲的惊醒过来，早已腹背受敌，难挽大势了。

在父亲的眼里，女儿最可爱的时候是在十岁以前，因为那时她完全属于自己。在男友的眼里，她最可爱的时候却在十七岁以后，因为这时她正像毕业班的学生，已经一心向外了。父亲和男友，先天上就有矛盾。对父亲来说，世界上没有东西比稚龄的女儿更完美的了，唯一的缺点就是会长大，除非你用急冻术把她久藏，不过这恐怕是违法的，而且她的男友迟早会骑了骏马或摩托车来，把她吻醒。

我未用太空舱的冻眠术，一任时光催迫，日月轮转，再揉眼时，怎么四个女儿都已依次长大，昔日的童话之门砰地一关，再也回不去了。四个女儿，依次是珊珊、幼珊、佩珊、季珊。简直可以排成一条珊瑚礁。珊珊十二岁的那年，有一次，未满九岁的佩珊忽然对来访的客人说："喂，告诉你，我姊姊是一个少女了！"在座的大人全笑了起来。

曾几何时，惹笑的佩珊自己，甚至最幼稚的季珊，也都在时光的魔杖下，被点化成"少女"了。冥冥之中，有四个"少男"正偷偷袭来，虽然蹑手蹑脚，屏声止息，我却感到背后有四双眼睛，像所有的坏男孩那样，目光灼灼，心存不轨，只等时机一到，便会站到亮处，装出伪善的笑容，叫我岳父。我当然不会应他，哪有那么容易的事！我像一棵果树，天长地久在这里立了多年，风霜雨露，样样有份，换来果实累累，不胜负荷。而你，偶尔过路的小子，竟然一伸手就来摘果子，活该蟠地的树根绊你一跤！

而最可恼的，却是树上的果子，竟有自动落入行人手中的样子。树怪行人不该擅自来摘果子，行人却说是果子刚好掉下来，给他接着罢了。这种事，总是里应外合才成功的。当初我自己结婚，不也是有一位少女开门揖盗吗？"堡垒最容易从内部攻破"，说得真是不错。不过彼一时也，此一时也。同一个人，过街时讨厌汽车，开车时却讨厌行人。现在是轮到我来开车。

好多年来，我已经习于和五个女人为伍，浴室里弥漫着香皂和香水气味，沙发上散置皮包和发卷，餐桌上没有人和我争酒，都是天经地义的事。戏称吾庐为"女生宿舍"，也已经很久了。做了"女生宿舍"的舍监，自然不欢迎陌生的男客，尤其是别有用心的一类。但是自己辖下的女生，尤其是前面的三位，已有“不稳”的现象，却令我想起叶芝的一句诗：

> 一切已崩溃，失去重心。

我的四个假想敌，不论是高是矮，是胖是瘦，是学医还是学文，迟早会从我疑惧的迷雾里显出原形，一一走上前来，或迂回曲折，嗫嚅其词，或开门见山，大言不惭，总之要把他的情人，也就是我的女儿，对不起，从此领去。无形的敌人最可怕，何况我在亮处，他在暗里，又有我家的“内奸”接应，真是防不胜防。只怪当初没有把四个女儿及时冷藏，使时间不能拐骗，社会也无由污染。现在她们都已大了，回不了头；我那四个假想敌，那四个鬼鬼祟祟的地下工作者，也都已羽毛丰满，什么力量都阻止不了他们了。先下手为强，这件事，该趁那四个假想敌还在襁褓的时候，就予以解决的。至少美国诗人奥格登·纳什（Ogden Nash）劝我们如此。他在一首妙诗《由女婴之父来唱的歌》（Song to Be Sung by the Father of Infant Female Children）之中，说他生了女儿吉儿之后，惴惴不安，感到不知什么地方正有个男婴也在长大，现在虽然还浑浑噩噩，口吐白沫，却注定将来会抢走他的吉儿。于是做父亲的每次在公园里看见婴儿车中的男婴，都不由神色一变，暗暗想道：“会不会是这家伙？”想着想着，他“杀机陡萌”（My dreams, I fear, are infanticiddle），便要解开那男婴身上的别针，朝他的爽身粉里撒胡椒粉，把盐撒进他的奶瓶，把沙撒进他的菠菜汁，再扔头优游的鳄鱼到他的婴儿车里陪他游戏，逼他在水深火热之中挣扎而去，去娶别人的女儿。足见诗人以未来的女婿为假想敌，早已有了前例。

不过一切都太迟了。当初没有当机立断，采取非常措施，像纳什诗中所说的那样，真是一大失策。如今的局面，套一句史书上常见的话，已经是“寇入深矣！”女儿的墙上和书桌的玻璃垫下，以前的海报和剪报之类，还是披头士、拜丝、戴维·卡西蒂的形象，现在纷纷都换上男友了。至少，滩头阵地已经被入侵的军队占领了去，这一仗是必败的了。记得我们小时，这一类的照片仍被列为机密要件，不是藏在枕头套里，贴着梦境，便是夹在书堆深处，偶尔翻出来神往一番，哪有这么二十四小时眼前供奉的？

这一批形迹可疑的假想敌，究竟是哪年哪月开始入侵厦门街余宅的，已经不可考了。只记得六年前迁港之后，攻城的军事便换了一批口操粤语的少年来接手。至于交战的细节，就得问名义上是守城的那几个女将，我这位“昏君”是再也搞不清了。只知道敌方的炮火，起先是瞄准我家的信箱，那些歪歪斜斜的笔迹，久了也能猜个七分；继而是集中在我家的电话，“落弹点”就在我书桌的背后，我的文苑就是他们的沙场，一夜之间，总有十几次脑震荡。那些粤音平上去入，有九声之多，也令我难以分析敌情。现在我带幼珊回了厦门街，那头的广东部队轮到我太太去抵挡，我在这头，只要留意台湾健儿，任务就轻松多了。

信箱被袭，只如战争的默片，还不打紧。其实我宁可多情的少年勤写情书，那样至少可以练习作文，不致在视听教育的时代荒废了中文。可怕的还是电话中弹，那一串串警告的铃声，把战场从门外的信箱扩至书房的腹地，默片变成了立体声，假想敌在实弹射击了。更可怕的，却是假想敌真的闯进了城来，成了有血有肉的真敌人，不再是假想了好玩的了，就像军事演习到中途，忽然真的打起来了一样。真敌人是看得出来的。在某一女儿的接应之下，他占领了沙发的一角，从此两人呢喃细语，嗫嚅密谈，即使脉脉相对的时候，那气氛也浓得化不开，窒得全家人都透不过气来。这时几个姊妹早已回避得远远的了，任谁都看得出情况有异。万一敌人留下来吃饭，那空气就更为紧张，好像摆好姿势，面对照相机一般。平时鸭塘一般的餐桌，四姊妹这时像在演哑剧，连筷子和调羹都似乎得到了消息，忽然小心翼翼起来。明知这僭越的小子未必就是真命女婿（谁晓得宝贝女儿现在十八变中的第几变呢？），心里却不由自主升起一股淡淡的敌意。也明知女儿正如将熟之瓜，终有一天会蒂落而去，却希望不是随眼前这自负的小子。

当然，四个女儿也自有不乖的时候，在恼怒的心情下，我就恨不得四个假想敌赶快出现，把她们统统带走。但是那一天真要来到时，我一定又会懊悔不已。我能够想象，人生的两大寂寞，一是退休之日，一是最小的孩子终于也结婚之后。宋淇有一天对我说："真羡慕你的女儿全在身边！"真的吗？至少目前我并不觉得，自己有什么可羡之处。也许真要等到最小的季珊也跟着假想敌度蜜月去了，才会和我存并坐在空空的长沙发上，翻阅她们小时的相簿，追忆从前，六人一车长途壮游的盛况，或是晚餐桌上，热气蒸腾，大家共享的灿烂灯光。人生有许多事情，正如船后的波纹，总要过后才觉得美的。这么一想，又希望那四个假想敌，那四个生手笨脚的小伙子，还是多吃几口闭门羹，慢一点出现吧。

袁枚写诗，把生女儿说成"情疑中副车"；这书袋掉得很有意思，却也流露了重男轻女的封建意识。照袁枚的说法，我是连中了四次副车，命中率够高的了。余宅的四个小女孩现在变成了四个小妇人，在假想敌环伺之下，若问我择婿有何条件，一时倒恐怕答不上来。沉吟半晌，我也许会说："这件事情，上有月下老人的婚姻谱，谁也不能窜改，包括韦固，下有两个海誓山盟的情人，‘二人同心，其利断金’，我凭什么要逆天拂人，梗在中间？何况终身大事，神秘莫测，事先无法推理，事后不能悔棋，就算交给二十一世纪的计算机，恐怕也算不出什么或然率来。倒不如故示慷慨，伪作轻松，博一个开明父亲的美名，到时候带颗私章，去做主婚人就是了。”

问的人笑了起来，指着我说：“什么叫作‘伪作轻松’？可见你心里并不轻松。”

我当然不很轻松，否则就不是她们的父亲了。例如人种的问题，就很令人烦恼。万一女儿发痴，爱上一个耸肩摊手口香糖嚼个不停的小怪人，该怎么办呢？在理性上，我愿意“有婿无类”，做一个大大方方的世界公民。但是在感情上，还没有大方到让一个臂毛如猿的小伙子把我的女儿抱过门坎。现在当然不再是“严夷夏之防”的时代，但是一任单纯的家庭扩充成一个小型的联合国，也大可不必。问的人又笑了，问我可曾听说混血儿的聪明超乎常人。我说：“听过，但是我不稀罕抱一个天才的‘混血孙’。我不要一个天才儿童叫我 Grandpa，我要他叫我外公。”问的人不肯罢休：“那么省籍呢？”

“省籍无所谓，”我说。“我就是苏闽联姻的结果，还不坏吧？当初我母亲从福建写信回武进，说当地有人向她求婚。娘家大惊小怪，说：‘那么远！怎么就嫁给南蛮！’后来娘家发现，除了言语不通之外，这位闽南姑爷并无可疑之处。

这几年，广东男孩锲而不舍，对我家的压力很大，有一天闽粤结成了秦晋，我也不会感到意外。如果有个台湾少年特别巴结我，其志又不在跟我谈文论诗，我也不会怎么为难他的。至于其他各省，从黑龙江直到云南，口操各种方言的少年，只要我女儿不嫌他，我自然也欢迎。”

“那么学识呢？”

“学什么都可以。也不一定要是学者，学者往往不是好女婿，更不是好丈夫。只有一点：中文必须精通。中文不通，将祸延吾孙！”

客又笑了。“相貌重不重要？”他再问。

“你真是迂阔之至！”这次轮到我发笑了。“这种事，我女儿自己会注意，怎么会要我来操心？”

笨客还想问下去，忽然门铃响起。我起身去开大门，发现长发乱处，又一个假想敌来掠余宅。

日不落家

余光中

1

壹圆的旧港币上有一只雄狮，戴冕控球，姿态十分威武。但七月一日以后，香港归还了中国，那顶金冠就要失色，而那只圆球也不能号称全球了。伊丽莎白二世在位，已经四十五年，恰与一世相等。在两位伊丽莎白之间，大英帝国从起建到瓦解，凡历四百余年，与汉代相当。方其全盛，这帝国的属地藩邦、运河军港，遍布了水陆大球，天下四分，独占其一，为历来帝国之所未见，有“日不落国”之称。

而现在，日落帝国，照艳了香港最后这一片晚霞。“日不落国”将成为历史，代之而兴的乃是“日不落家”。

冷战时代过后，国际日趋开放，交流日见频繁，加以旅游便利，信息发达，这世界真要变成地球村了。于是同一家人辞乡背井，散落到海角天涯，昼夜颠倒，寒暑对照，便成了“日不落家”。今年我们的四个女儿，两个在北美，两个在西欧，留下我们二老守在岛上。一家而分在五地，你醒我睡，不可同日而语，也成了“日不落家”。

幼女季珊留法五年，先在翁热修法文，后去巴黎读广告设计，点唇画眉，似乎沾上了一些高卢风味。我家英语程度不低，但家人的法语发音，常会遭她纠正。她擅于学人口吻，并佐以滑稽的手势，常逗得母亲和姊姊们开心，轻则解颜，剧则捧腹。可以想见，她的笑话多半取自法国经验，首当其冲的自然是法国男人。马歇·马叟是她的偶像，害得她一度想学哑剧。不过她的设计也学得不赖，我译的王尔德喜剧《理想丈夫》，便是她做的封面。现在她住在加拿大，一个人孤悬在温哥华南郊，跟我们的时差是早八小时。

长女珊珊在堪萨斯修完艺术史后，就一直留在美国，做了长久的纽约客。大都会的艺馆画廊既多，展览又频，正可尽情饱赏。珊珊也没有闲着，远流版两巨册的《现代艺术理论》就是她公余、厨余的译绩。华人画家在东岸出画集，也屡次请她写序。看来我的“序灾”她也有份了，成了“家患”，虽然苦些，却非徒劳。她已经做了母亲，男孩四岁，女孩未满两岁。家教所及，那小男孩一面挥舞恐龙和电动神兵，一面却随口叫出梵高和蒙娜丽莎的名字，把考古、科技、艺术合而为一，十足一个博闻强记的顽童。四姊妹中珊珊来得最早，在生动的回忆里她是破天荒第一声婴啼，一婴开啼，众婴响应，带来了日后八根小辫子飞舞的热闹与繁华。然而这些年来她离开我们也最久，而自己有了孩子之后，也最不容易回台，所以只好安于“日不落家”，不便常回“娘家”了，她和幺妹之间隔了一整个美洲大陆，时差，又早了三个小时。

凌越森森的大西洋更往东去，五小时的时差，便到了莎士比亚所赞的故乡，“一块宝石镶嵌在银涛之上”。次女幼珊在曼彻斯特大学专攻华兹华斯，正襟危坐，苦读的是诗翁浩繁的全集，逍遥汗漫，优游的也还是诗翁俯仰的湖区。华兹华斯乃英国浪漫诗派的主峰，幼珊在伯克利写硕士论文，仰攀的是这翠微，十年后径去华氏故乡，在曼城写博士论文，登临的仍是这雪顶，真可谓从一而终。世上最亲近华氏的女子，当然是他的妹妹多萝西（Dorothy Wordsworth），其次呢，恐怕就轮到我家的二女儿了。

幼珊留英，将满三年，已经是一口不列颠腔。每逢朋友访英，她义不容辞，总得驾车载客去西北的坎布利亚郡，一览湖区绝色，简直成了华兹华斯的特勤导游。如此贡献，只怕多萝西也无能为力吧。我常劝幼珊在撰正论之余，把她的英国经验，包括湖区的唯美之旅，一一分题写成杂文小品，免得日后“留英”变成“留白”。她却惜墨如金，始终不曾下笔，正如她的幺妹空将法国岁月藏在心中。

幼珊虽然远在英国，今年却不显得怎么孤单，因为三妹佩珊正在比利时研究，见面不难，没有时差。我们的三女儿反应迅速，兴趣广泛；而且“见异思迁”：她拿的三个学位依次是历史学士、广告硕士、营销博士。所以我叫她作“柳三变”。在香港读中文大学的时候，她的钢琴演奏曾经考取八级，一度有意去美国主修音乐；后来又任《星岛日报》的文教记者。所以在餐桌上我常笑语家人：“记者面前，说话当心。”

回台以后，佩珊一直在东海的企管系任教，这些年来，更把本行的名著三种译成中文，在“天下”“远流”出版。今年她去比利时做市场调查，范围兼及荷兰、英国。据我这做父亲的看来，她对消费的兴趣，不但是学术，也是癖好，尤其是对于精品。她的比利时之旅，不但饱览佛兰德斯[①]名画，而且遍尝各种美酒，更远征土耳其，去清真寺仰听尖

① 今比利时西部、法国北部、荷兰沿海部分地区。

塔上悠扬的呼祷，想必是十分丰富的经验。

2

世界变成了地球村，这感觉，看电视上的气象报告最为具体。台湾太热，温差又小，本地的气象报告不够生动，所以爱看外地的冷暖，尤其是够酷的低温。每次播到大陆各地，我总是寻找沈阳和兰州。“哇！零下十二度耶！过瘾啊！”于是一整幅雪景当面掴来，觉得这世界还是多彩多姿的。

一家既分五地，气候自然各殊。其实四个女儿都在寒带，最北的曼彻斯特约当北纬五十三度又半，最南的纽约也还有四十一度，都属于高纬了。总而言之，四个女儿纬差虽达十二度，但气温大同，只得一个冷字。其中幼珊最为怕冷，偏偏曼彻斯特严寒欺人，而读不完的华兹华斯又必须久坐苦读，难抵凛冽。对比之下，低纬二十二度半的高雄是暖得多了，即使嚷嚷寒流犯境，也不过等于英国的仲夏之夜，得盖被窝。

黄昏，是一日最敏感最容易受伤的时辰，气象报告总是由近而远，终于播到了北美与西欧，把我们的关爱带到高纬，向陌生又亲切的都市聚焦。陌生，因为是寒带。亲切，因为是我们的孩子所在。

“温哥华还在零下！”

“暴风雪袭击纽约，机场关闭！”

“伦敦都这么冷了，曼彻斯特更不得了！”

“布鲁塞尔呢，也差不多吧？”

坐在热带的凉椅上看国外的气象，我们总这么大惊小怪，并不是因为没有见识过冰雪，或是孩子们还在稚龄，不知保暖，更不是因为那些国家太简陋，难以御寒。只因为父母老了，念女情深，在记忆的深处，梦的焦点，在见不得光的潜意识底层，女儿的神情笑貌仍似往昔，永远珍藏在娇憨的稚岁，童真的幼龄——所以天冷了，就得为她们加衣，天黑了，就等待她们一一回来，向热腾腾的晚餐，向餐桌顶上金黄的吊灯报到，才能众瓣聚首，众瓣围葩，辐辏成一朵哄闹的向日葵。每当我眷顾往昔，年轻的幸福感就在这一景停格。

人的一生有一个半童年。一个童年在自己小时候，而半个童年在自己孩子的小时候。童年，是人生的神话时代，将信将疑，一半靠父母的零星口述，很难考古。错过了自己的童年，还有第二次机会，那便是自己子女的童年。年轻爸爸的幸福感，大概仅次于年轻妈妈了。厦门街绿荫深邃的巷子里，我曾是这么一位顾盼自得的年轻爸爸，四个女婴先后裹着奶香的襁褓，投进我喜悦的怀抱。黑白分明，新造的灵瞳灼灼向我转来，定睛在我脸上，不移也不眨，凝神认真地读我，似乎有一点困惑。

“好像不是那个（妈妈）呢，这个（男人）。”她用超语言的混沌意识在说我，而我，更逼近她的脸庞，用超语言的笑容向她示意：“我不是别人，是你爸爸，爱你，也许比不上你妈妈那么周到，但不会比她较少。”她用超经验的直觉将我的笑容解码，于是学起我来，忽然也笑了。这是父女间第一次相视而笑，像风吹水绽，自成涟漪，却不落言诠，不留痕迹。

为了女婴灵秀可爱，幼稚可哂，我们笑。受了我们笑容的启示，笑声的鼓舞，女婴也笑了。女婴一笑，我们以笑回答。女婴一哭，我们笑得更多。女婴刚会起立，我们用笑勉励。她又跌坐在地，我们用笑安抚。四个女婴马戏团一般相继翻筋斗来投我家，然后是带爬、带跌、带摇、带晃，扑进我们张迎的怀里——她们的童年是我们的“笑季”。

为了逗她们笑，我们做鬼脸。为了教她们牙牙学语，我们自己先儿语牙牙："这是豆豆，那是饼饼，虫虫虫虫飞！"成人之间不屑也不敢的幼稚口吻、离奇动作，我们在孩子面前，特权似的，却可以完全解放，尽情表演。在孩子的真童年里，我们找到了自己的假童年，乡愁一般再过一次小时候，管他是真是假，是一半还是完全。

快乐的童年是双全的互惠：一方面孩子长大了，孺慕儿时的亲恩；一方面父母老了，眷念子女的儿时。因为父母与稚儿之间的亲情，最原始、最纯粹、最强烈，印象最久也最深沉，虽经万劫亦不可磨灭。坐在电视机前，看气象而念四女，心底浮现的常是她们孩时，仰面伸手，依依求抱的憨态，只因那形象最萦我心。

最萦我心是第一个长夏，珊珊卧在白纱帐里，任我把摇篮摇来摇去，乌眸灼灼仍对我仰视，窗外一巷的蝉嘶。是幼珊从躺床洞孔倒爬了出来，在地上颤颤昂头像一只小胖兽，令众人大吃一惊，又哄然失笑。是带佩珊去看电影，她水亮的眼珠在暗中转动，闪着银幕的反光，神情那样紧张而专注，小手微汗在我的手里。是季珊小时候怕打雷和鞭炮，巨响一迸发就把哭声埋进婆婆的怀里，呜咽久之。

不知道她们的母亲，记忆中是怎样为每一个女孩的初貌取景造型。也许是太密太繁了，不一而足，甚至要远溯到成形以前，不是形象，而是触觉，是胎里的颠倒蜷伏，手撑脚踢。

当一切追溯到源头，混沌初开，女婴的生命起自父精巧遇到母卵，正是所有爱情故事的雏形。从父体出发长征的，万头攒动，是适者得岸的蝌蚪宝宝，只有幸运的一头被母岛接纳。于是母女同体的十月因缘奇妙地开始。母亲把女婴安顿在子宫，用胚胎喂她，羊水护她，用脐带的专线跟她神秘地通话，给她暧昧的超安全感，更赋她心跳、脉搏与血型，直到大头蝌蚪变成了大头宝宝，大头朝下，抱臂交股，蜷成一团，准备向生之窄门拥挤顶撞，破母体而出，而且鼓动肺叶，用尚未吃奶的气力，嗓音惊天地而动鬼神，又像对母体告别，又像对母亲报到，洪亮的一声啼哭，“我来了！”

3

母亲的恩情早在孩子会呼吸以前就开始。所以中国人计算年龄，是从成孕数起。那原始的十个月，虽然眼睛都还未睁开，已经样样向母亲索取，负欠太多。等到降世那天，同命必须分体，更要断然破胎、截然开骨，在剧烈加速的阵痛之中，挣扎着，夺门而出。生日蛋糕之甜，烛火之亮，是用母难之血来偿付的。但生产之大劫不过是母爱的开始，日后母亲的辛勤照顾，从抱到背，从扶到推，从拉拔到提掖，字典上凡是手字部的操劳，哪一样没有做过？《蓼莪》篇说：“哀哀父母，生我劬劳。”其实肌肤之亲、操劳之勤，母亲远多于父亲。所以《蓼莪》又说：“母兮鞠我，拊我畜我，长我育我，顾我复我，出入腹我。欲报之德，昊天罔极？”其中所言，多为母恩。“出入腹我”一句形容母不离子，最为传神，动物之中恐怕只有袋鼠家庭胜过人伦了。

从前是四个女儿常在身边，顾之复之，出入腹之。我存[①]肌肤白皙，四女多得遗传，所以她们小时我戏呼之为“一窝小白鼠”。在丹佛时，长途旅行，一窝小白鼠全在我家车上，坐满后排。那情景，又像是所有的鸡蛋都放在同一只篮里。我手握驾驶盘，不免倍加小心，但是全家同

---

① 指余先生夫人，范我存。——编者注

游，美景共享，却也心满意足。在香港的十年，晚餐桌上热汤蒸腾，灯氛温馨，四只小白鼠加一只大白鼠加我这大老鼠围成一桌，一时六口齐张，美肴争入，妙语争出，叽叽喳喳喧成一片，鼠伦之乐莫过于此。

而现在，一窝小白鼠全散在四方，这样的盛筵久已不再。剩下二老，只能在清冷的晚餐后，向岛外的气象报告去揣摩四地的冷暖。中国人把见面打招呼叫作寒暄。我们每晚在电视上真的向四个女儿“寒暄”，非但不是客套，而且寓有真情，因为中国人不惯和家人紧抱热吻，恩情流露，每在淡淡地问暖嘘寒，叮嘱添衣。

往往在气象报告之后，做母亲的一通长途电话，越洋跨洲，就直接拨到暴风雪的那一端，去“寒暄”一番，并且报告高雄家里的现况，例如父亲刚去墨西哥开会，或是下星期要去川大演讲，她也要同行。有时她一夜电话，打遍了西欧北美，耳听四国，把我们这“日不落家”的最新动态收集汇整。

看着做母亲的拽着电线，握着听筒，跟九千里外的女儿短话长说，那全神贯注的姿态，我顿然领悟，这还是母女连心、一线密语的习惯。不过以前是用脐带向体内腹语，而现在，是用电缆向海外传音。

而除了脐带情结之外，更不断写信，并附寄照片或剪稿，有时还寄包裹，把书籍、衣饰、药品、隐形眼镜等等，像后勤支持前线一般，源源不绝向海外供应。类此补给从未中止，如同最初，母体用胎盘向新生命输送营养和氧气：绵绵的母爱，源源的母爱，唉，永不告竭。

所谓恩情，是爱加上辛苦再乘以时间，所以是有增无减，且因累积而变得深厚。所以《诗经》叹曰：“欲报之德，昊天罔极？”[①]

---

① 同出《蓼莪》。

这一切的一切，从珊珊的第一声啼哭以前就开始了。若要彻底，就得追溯到四十五年前，当四个女婴的母亲初遇父亲，神话的封面刚刚揭开，罗曼史正当扉页。到女婴来时，便是美丽的插图了。第一图是父之囊。第二图是母之宫。第三图是育婴床，在内江街的妇产医院。第四图是摇婴篮，把四个女婴依次摇啊摇，没有摇到外婆桥，却摇成了少女，在厦门街深巷的一栋古屋。以后的插图就不用我多讲了。

这一幅插图，看啊，爸爸老了，还对着海峡之夜在灯下写诗。妈妈早入睡了，微闻鼾声。她也许正梦见从前，有一窝小白鼠跟她捉迷藏，躲到后来就走散了，而她太累，一时也追不回来。

导读

余光中，一九二八年生于南京，福建省永春县人。曾在台湾、香港多所院校执教。一九五四年与覃子豪、钟鼎文等友人创办“蓝星诗社”，并主编《蓝星诗刊》《现代文学》等刊物。曾获吴三连文艺奖、中山文艺奖、《中国时报》文学奖新诗推荐奖等奖项。余光中的创作涵盖新诗、散文、评论和翻译，至今已出版著译五十余部。著有散文集《左手的缪思》《逍遥游》《听听那冷雨》《记忆像铁轨一样长》《日不落家》《青铜一梦》等。

《我的四个假想敌》选自《记忆像铁轨一样长》，《日不落家》选自《日不落家》。两篇散文均以四个女儿为题材，《我的四个假想敌》完成于一九八〇年，《日不落家》则是一九九七，二文隔着十七年遥相呼应。《我的四个假想敌》以幽默之笔写父亲对不存在的“未来女婿”的隐藏敌意和可笑设防，可视为“女儿是父亲前世的情人”最佳注脚。十七年后完成的《日不落家》则是道尽父亲对旅居岛外女儿的牵挂和思念，尽管女儿已长成，在余光中笔下，她们似乎仍是《我的四个假想敌》时期让父亲牵肠挂肚的稚女。余氏的雄浑之笔写儿女亲情，格外深情动人。

——钟怡雯

流 行 的 谬 论

梁 实 秋

有许多俚语俗谚，都是多少年下来的经验与智慧累积锻炼而成。简单的一句话，好像含着颠扑不破的真理。所以在言谈之间，常被摭引，有时候比古圣先贤的嘉言遗训还更亲切动人。由于时代变迁，曩昔的金言有些未必可以奉为圭臬，有些即使仍在流行，事实上也已近于谬论。如要举例，信手拈来就有下面几条：

1. 树大自直

一个孩子，缺乏家教，或是父母溺爱，很容易变成性情乖张，恣肆无礼，稍长也许还会沾染恶习，自甘堕落。常言道："三岁看小，七岁看老。"悲观的人就要认为这个孩子没有出息，长大了之后大概是败家子或社会上的蠹虫。有些人比较乐观（包括大多数父母在内），却另有想法："没关系，树大自直。""浪子回头千金不换"的故事不是常有所闻的吗？

树大会不会都能自直，我怀疑。山水画里的树很少是直的，多半是倚里歪斜的，甚或是悬空倒挂的。“抚孤松而盘桓。”那孤松不歪不斜便很难去抚。景山上的那棵歪脖树，是天造地设的投缳殉国的装备，至今也没有直起来。当然，山上的巨木神木都是直挺挺地矗立着的，一片片的杉木林全是栋梁之材，也没有一棵是弯曲的。这些树不是长大了才变直，是生来就是直的。堂前栽龙柏，若无木架扶持，早晚会东歪西倒。

浪子回头的事是有的，但是不多，所以一有这种事情发生便被人传诵，算是佳话。浪子而不回头者则滔滔皆是，没有人觉得值得齿及。没出息的孩子变成有出息，我们可以举出许多例子，而没出息的孩子一直没出息到底则如恒河沙数。

树要修要剪，要扶要培。孩子也是一样。弯了的树不会自直，放纵坏了的孩子大概也不会自立。西谚有云：“舍不得用板子，便会纵坏了孩子。”约翰孙博士不完全反对体罚，孩子的行为若是不正，在他身上肉厚的地方给几巴掌，他认为最是简捷了当的处理方法。

2. 虱多不痒，债多不愁

晋王猛“扪虱而言，旁若无人”，固然是名士风流，无视权势。可是他的大布褂内长满了体虱（有无头虱、阴虱我们不知道），那份奇痒难熬，就是没有多少经验的人也会想象得出。嵇康与山巨源绝交，也自称“性复多虱，把搔无已”，作为是不堪“裹以章服揖拜上官”的理由之一。若说虱多不痒，天晓得！虱不生则已，生则繁殖甚速，孵化很快，虱愈多则愈痒，势必非“倩麻姑痒处搔”不可。

对许多人而言，借贷是寻常事。初次向人告贷，也许带有几分忸怩，手心朝上，“口将言而嗫嚅”。既贷到手，久不能偿，心头上不能不感到压力，不愁才怪！债愈多则压力愈大。债主逼上门来，无词以对，处境尴尬，设若遇到索债暴徒，则不免当场出彩。也许有人要说，近有以债养债之说，多方接纳，广开债源，债额愈大，则借贷愈易，于是由小债而变成大债，挹彼注此，左右逢源，最后由大债而变成呆账，不了了之。殊不知这种缺德之事也不是人尽能为，必其人长袖善舞而且寡廉鲜耻，随时担着风险，若说他心里坦然，无忧无虑，恐亦不然。又有人说，逋不能偿，则走为上计。昔人有“债台高筑”之说，所谓债台即是逃债之台。如今时代进步，欲逃债可以远走高飞，到异乡作寓公，不必自己高筑债台，何愁之有？殊不知人非情急，谁也不愿效狗急之跳墙。身在外邦，也要藏藏躲躲，见不得人，我猜想他的那种生活也不是一个愁字了得。

有虱必痒，债多必愁。

3. 老天爷饿不死瞎家雀儿

有人真相信“天地之大德曰生”，对于一切有情之伦挣扎于濒死边缘好像是视若无睹。人间有无法糊口者，有生而残障者，有遭逢饥馑，旱涝蝗灾，辗转沟壑者。他认为不必着慌，“船到桥头自然直”，冥冥之中似有主宰，到头来大家都有饭吃。即使是一只瞎家雀也不会活生生地饿死。

谁说的！我在寒冷的北方就不止一次看到家雀从檐角坠下，显然的是饥寒交迫而死，不过我没有去验它是否是瞎的。我记得哈代有一首诗，题曰《提醒者》，大意是说他在耶诞前夕正在准备过一个快乐的夜晚，忽见窗外寒枝之上落着一只小鸟，冻得直哆嗦，饿得啄食一个硬干果，一下子堕下去像个雪球似的死了。他叹道，我难得刚要快活一阵，你竟来提醒我生活的艰难困苦！这是典型的悲观主义者哈代的一首小诗，他大概不知道我们的那句俗话“老天爷不死瞎家雀儿”。麻雀微细不足道，但是看看非洲在旱灾笼罩之下，多少人都成了饿殍，白骨黄沙，惨不忍睹，是人谋不臧，还是天降鞠凶？人在情急的时候，无不呼天抢地，天地会一伸援手吗？有些地方旱魃肆虐，忽然大雨滂沱，大家额手相庆，感谢上苍，没有想到雨水滋润了干土，蝗虫的卵得以在地下孵化，不久就构成了蝗灾。老天爷是何居心？

天生万物，相克相杀，没有地方讲理去，老天爷管不了许多。

4. 好的开始便是成功的一半

这句话是从外语翻译过来的，很多人常把这句话挂在嘴边。未尝不是一句善颂善祷的话，当事人听了觉得很受用。但是再想一下，一个辉煌的开始便是百分之五十成功的保证，天下有这等便宜事？

《诗·大雅·荡》：“靡不有初，鲜克有终。”是比较平实的说法。我们国人做事擅长的一手是“五分钟热气”，开始时激昂慷慨，铺张扬厉，好像是要雷厉风行，但是过不了多久，渐渐一切抛在脑后，虽然口里高唱“贯彻始终”，事实上常是有始无终。

参加赛跑的人，起步固然要紧，但最后胜利却系于临终的冲刺。最近看我们的一个球队参加国际比赛，开始有板有眼，好一阵子一直领先，但是后继无力，终落惨败。好的开始似乎无关最后的成败。

5. 眼不见为净

老早有人劝我别吃烧饼，说烧饼里常夹有老鼠屎，我不信。后来我好奇，有一天掰开烧饼看看，赫然一粒老鼠屎在焉。“一粒老鼠屎搗乱一锅粥！”从此我有了戒心，不敢常吃烧饼。偶然吃一次，必先掰开仔细看看。

有人笑我过分小心。他的理论是：我们每天吃的东西种类繁多，焉能一一亲自检视，大致不差也就是了，眼不见为净。人的肉眼本来所见有限，孑多有毒的或无害的微生物都不是肉眼所能窥察得到的。眼见的未必净，眼不见的也未必不净。他这种说法好有一比，现代司法观念之一是：凡嫌犯之未能证实其为有罪之前，一律假设其为无罪。食物未经化验其为不净，似乎也可以认为它是净的。这种说法很危险，如果轻信眼不见为净，很可能吃下某些东西而受害不浅，重则致命，轻则缠绵病榻伏枕呻吟。

科学方法建设在几项哲学假设上面，其中之一是假设物质乃普遍的一致。抽样检查之可靠性也是假设其全部质量都是一样的。我们除了信赖科学检验之外别无选择。俗语说：“过水为净。”不失为可行，蔬菜水果之类多洗几遍即可减除其中残留的农药。不过食物不是都可以水洗的。

“眼不见为净”之说固不可盲从，所谓“没脏没净，吃了没病”之说简直是荒谬。

6. 伸手不打笑脸人

笑脸是不常见的。常见的是面皮绷得紧紧的驴脸，可以刮下一层霜的冷脸，好像才吞了农药下去的苦脸，睡眠不足的或是劬劳瘏悴的病脸，再不就是满脸横肉的凶脸。所以我们偶然看见一张笑脸，不由得不心生喜悦。那笑脸也许不是生自内心而自然流露，也许是为了某种需要而强作笑颜。脸不必笑得像一朵花，只要面部肌肉稍为放松，嘴角稍为裂开一点，就会给人以相当的舒适感。我一向相信，笑脸是人际关系中可以通行无阻的安全证。即使人在盛怒之中，摩拳擦掌，但是不会去打一个笑脸人，他下不去手。

最近看了报上一则新闻，开始觉得笑脸并不一定能保障一个人的安全。赔笑脸有时还是免不了挨嘴巴，事属常有，我所见的这条新闻却不寻常。有一位不务正业而专走邪道的青年，有一天踉跄地回家，狼狈地伏在案头，一言不发。老母见状，不禁莞尔。这一笑，不打紧，不知年轻人是误会为讥笑、讪笑，或是冷笑，他上去对准老母胸前就是一拳。老母应拳而倒，一命归西！微微一笑引起致命的一拳。以后下文如何，不得而知。

人到了要伸手打人的时候，大笑脸不但不足以御强拳，而且可以招致杀身之祸。但愿这是一条孤证。

7. 吃一行，恨一行

“三百六十行，行行出状元。”这是说职业不分上下，每一行范围之内一个人只要努力，不愁不能出人头地做到顶尖的位置。这也是劝勉人各就岗位奋斗向上，不要一味地“这山望着那山高”。究竟行还是有高低，犹山之有高低。状元与状元不同。西瓜大王不能与钢铁大王比，馄饨大王也不能和煤油大王比。

每一行都有它的艰难困苦，其发展的路常是坎坷多舛的。投身到任何一个行当，只好埋头苦干。有人只看见和尚吃馒头，没看见和尚受戒，遂生羡慕别人之心，以为自己这一行只有苦没有乐，不但自己唉声叹气，恨自己选错了行，还会谆谆告诫他的子弟千万别再做这一行。这叫作“吃一行，恨一行”。

造出“吃一行，恨一行”这句话的人，其用心可能是劝勉大家安分守己，但是这句话也道出无数人的无可奈何的心情。其实干一行应该爱一行才对。因为没有一行没有乐趣，至少一件工作之完满的完成便是无上乐趣。很多知道敬业的人不但自己满足于他的行当，而且教导他的子弟步武他的踪迹，被人称为“克绍箕裘”，其间没有丝毫恨意。

8. 子不嫌母丑，狗不嫌家贫

狗是很聪明的动物，但不太聪明。乞丐拄着一根杖，提着一个钵，沿门求乞，一条瘦狗寸步不离地跟随着他。得到一些残肴剩炙，人与狗分而食之。但是狗不会离开他，不会看到较好的去处便去趋就，所以说狗不算太聪明，虽然它有那么一份义气。

在儿女的眼光里，母亲应该是最美最可爱最可信赖最该受感激的一个人。人有丑的，母亲没有丑的。母亲可以老，但不会丑。从前有一首很流行的儿歌《乌鸦歌》，记得歌词是这样的：“乌鸦乌鸦对我叫，乌鸦真真孝。乌鸦老了不能飞，对着小鸦啼。小鸦朝朝打食归，打食归来先喂母。‘母亲从前喂过我！’”这是借乌鸦反哺来劝孝的歌，但是最后一句“母亲从前喂过我”实在非常动人，没有失去人性的人回想起“母亲从前喂过我”，再听了这句歌词，恐怕没有不心酸的。每个人大概都会为了他的母亲而感觉骄傲，谁会嫌他的母亲丑?

“狗不嫌家贫，子不嫌母丑”，话没有错。不过嫌贫爱富恐怕是人之常情，不嫌家贫这份美誉恐怕要让狗来独享下去。子嫌母丑的例子也不是没有。我就知道有两个例子，无独有偶。有两位受过所谓“高等教育”的人，家里延见宾客，照例有两位衣服破敝的老妇捧茶出去，主人不予介绍，客人也就安然受之，以为那个老妪必是佣妇。久之才从侧面打听出来那老妪乃主人之生母，主人嫌其老丑，有失体面，认为见不得人，使之奉茶，废物利用而已。狗不嫌家贫，并未言过其实。子不嫌母丑，对愈来愈多的人有变为谬论的可能。

胡须

梁实秋

俗语："嘴上没毛，办事不牢。"意思是说，有一把年纪的人比较见多识广，而且瞻前顾后，做起事来四平八稳，不像年轻小伙子那样地毛躁，那样地不牢靠。嘴上没毛也就是年纪太轻少不更事的意思。

现在看来，嘴上没毛似乎不一定与年龄有关。大家可曾注意，如今好多的政坛显要、社会中坚，无分中外，老远的看来几乎都是面白无须的样子。像诸葛亮的三绺髯，关公的五绺髯，只有在舞台上见之。他们不全是因为脸皮太厚而胡须长不出来，而是胡须刚刚长出来就被刮了去。所以嘴上嘴下，青皮一块，于右老[①]张大千之长髯飘拂是例外。世上有几个于右老张大千？反观年轻一代，则往往有些人年纪轻轻的，于思于思，一反常态。他们或是唇上留一撮小髭，或是两鬓各蓄一条鬓角，或是颔下垂着几根疏疏落落的狗蝇胡子，戏台上的老生称须生，如今不少的小生也是须生了。

---

① 指著名书法家于右任。

人年纪愈大，胡须也长得愈硬愈粗愈黑愈快。有人常怪女人每天在她们的头发上耗费太多的时间精神，殊不知绝大多数的男人在他们的胡须上也有不少的麻烦。女人的头发要洗、要做、要烫、要染，现在有些男人的头发也要玩这一套，而且于此之外还每天牢不可破的要刮胡子。一天不刮就毛毵毵的刺弄得慌，用手摸上去像是板刷，万一触到别人的细嫩的皮肤上会令人大叫起来。所以有人早晚各刮一次，不厌其烦。更有人痛恨自己的胡子过于茂盛，刮不胜刮，于是不仅剪草，还要除根，随身携带镜子镊子，把刮后的胡须根株一个个地钳拔出来，这种拔毛连茹的做法滋味如何，只有本人知道。听说从前青衣花旦，以及其他在职业上有此必要的人，才采用此种彻底根除的手段。不过我也曾亲见所谓斯文中也有公然当众对镜拔须的。拔过之后，常有血痕殷然。

其实，俗语说，“八十留胡子，大主意自己拿。”不到八十岁要留胡子，也没有人管得着。髭胡也未必就有碍观瞻。《左传》昭公二十六年：“有君子，白皙鬒须眉。”胡须眉毛又黑又稠的陈武子还被称为“君子”，可见一嘴胡子正有助于威仪三千。《庄子》列御寇，“髯”列为“八极”之一，算是形体上优异过人之处。关公为美髯公，无人不知。唐文皇“须壮冠，人号髭圣”，见(《清异录》)。风流潇洒如苏东坡也有“髯苏”之称。历史上有名的大胡子不胜列举，而且是被人夸赞，没有揶揄之意。自古以胡须稠秀为男性美的特征。稠是相当茂密，秀是相当疏朗。相法上所谓“根根见底”，就是浓疏合度的意思。喜剧演员卓别林，若是嘴上没有那一撮胡子，恐怕要减少很大一部分的滑稽相和愁苦相。那一撮胡子，在希特勒嘴上像是糊上了一块膏药，真是恶人恶相，讨人嫌。长胡子要保持清洁，不能让它成毡，不能拖泥带水，更不能窝藏虱子，虱子纵然“屡游相须，曾蒙御览”，仍然是邋遢。

写《乌托邦》的英国作家托马斯·莫尔，在上断头台的时候，对行刑者说："我的胡子没有犯罪，请勿切断我的胡子。"于是撂起他的一把大胡子，延颈受戮。这是标准的"断头台上的幽默"。我们至少可以想象到他对他的胡子是多么关心。

佛家对于胡子则有时视为相当神圣，《法苑珠林》有这样一段记载："佛告阿难，'汝取我髭，合六十二茎，我欲造塔。'阿难取付世尊。佛告诸罗刹：'我施汝二茎，当造七宝函及造旃檀塔，盛髭供养，可高四十由旬，余六十髭亦随造函塔，可高三丈。'又告诸罗刹：'守护，勿使外道、恶人、魔鬼、毒龙，妄毁此塔。此塔为汝命根，汝必护塔……'"按说万法皆空，不得以肉体见如来，为什么把一茎髭看得这般重要，我参不透。事实上高四十由旬的旃檀塔，谁也没有见过。

我们旧剧班中的行头里有所谓髯口一项，包括三髯、五髯、三涛髯、夹嘴髯、红髯、丑三髯、吊搭髯等等，花样繁多，不及备载。而且这些髯口不仅是装点门面，还可以加以运用，如捋髯、拱髯、推髯、搂髯、端髯、甩髯、喷髯、抖髯、轮髯等等，形成所谓"髯舞"。俗语形容愤怒之状为"吹胡子瞪眼"，在舞台上真有那样的表现。

导读

梁实秋，原名梁治华，字实秋，笔名秋郎、子佳等，后以字行。一九〇三年生于北京，原籍浙江省钱塘县（今杭州市），一九八七年逝世于台北。清华大学毕业后赴美深造，一九二六年回国，历任东南大学、复旦大学、北京大学等校教授。曾与徐志摩等创办《新月》月刊，为新月派文艺理论家。一九四九年来台，除长期执教于台湾师范大学外，并曾担任“教育部”中小学教科书组主任等职。著述丰硕，以《雅舍小品》系列散文驰名文坛，并独力完成《莎士比亚全集》的翻译，嘉惠学界。

作为一位散文大家，梁实秋以擅长写幽默风趣的闲适小品而闻名于世，代表作《雅舍小品》和《秋室杂文》曾被朱光潜认为“对于文学的贡献在翻译莎士比亚的工作之上”。学养深厚加上文笔简洁老练，使他的散文具有浓厚的文人气息，幽默处温柔敦厚，谑而不虐；闲适处理趣兼容，恬静洒脱。最可贵的是有自己不俗的见解，议论犀利，情思隽永，不卖弄学问，文字朴实简单却耐人咀嚼，这种优美、节制、含蓄的笔调，有着无穷的艺术魅力，宛如两三知己灯下夜谈，给人性灵的感动和处世的智慧。《胡须》和《流行的谬论》就是其幽默隽永风格的出色之作。

——张堂锜

豆腐一声天下白

林海音

卖豆腐的声音仍像二十年前一样，天刚亮就把我从熟睡中喊醒。我猛地从床上起来，跑到临街的窗前，拉开窗帘向外张望。“要买豆腐吗？”床上正在看早报的人说。

“不是。”我摇摇头。“我是要看看她到底长得什么样儿。”

二十年来，许多声音从这一排临街的窗子透进来。睡在榻榻米上的日子时，偶然有车子从窗前的巷子经过，那声音就好像车子从你头上压过去一样。卖豆腐的妇人是最早的一个，她应当是和我家墙头上的牵牛花一样，都是早起的，但是她没有牵牛花清闲。牵牛花拿紫色迎接太阳，她是灰色的——别误会，我不是说她的人生是灰色的，只是她的衣服罢了。一个勤勉的妇人，为了一块钱一块钱的豆腐，把那种悠扬的调子一声声传到你的耳根：“卖豆腐啊！油车糕豆干！”晨起的第一声，听了二十年了，你没有照顾过她一次，临去之晨，总要和她相识一下吧！

这排窗，我管它叫“感情的窗”。今早我从窗里看出去的，不只是卖豆腐的妇人，也有买酒干的，也有卖粽子的。算卦的瞎子也过来了，仍是手扶在儿子的肩头上。儿子长得很高了，穿着西装，梳着齐耳根的长发，脚下是一双高跟的男皮鞋。谢雷的打扮嘛！可惜他的爸爸看不见，他的妈妈虽然不是瞎子，但也早已弃此人生，弃这一家而去，更看不见了。还有个哥哥还是弟弟呢？他在哪儿？怎么没跟来？

曾经有过一家人拥着这位户长出来算卦的一段日子。那时，瞎子还是瞎子，穿着一身极破旧的裤褂，太太很年轻，却未曾有过花开的美日子。她的衣服更破旧，不必为“悦己者容”吧，头发是蓬乱的，脸上因为串大街小巷串得油亮的，很瘦弱的样子。这样的她，我却眼见她生了两个儿子。他们全家人出来的时候，该是他们最美好的日子吧！算卦的丈夫，像女人那样背驮着小儿子，大儿子坐在竹车里玩耍，母亲一手推着小竹车，一手携扶着背了小儿子的瞎丈夫。她不美，小嘴瘪瘪的，更造成了她早早衰老的样子。但是她的脸上表情总是和蔼的，这样的日子，看见这样的脸色，你不是同情她，而是敬重她了。对面阿森的妈妈最信服这个算卦的，常常把他请到门前的石墩子上坐下来，然后开始算卦。不知道他是怎么掐、怎么算的，但见阿森的妈妈，很认真地听着，叫阿森给瞎子倒茶水。这一卦的价值，有时是几碗米，有时是几张小钞票。

孩子们年年长大，瘦弱的妈妈不必跟着携扶了，这职务由儿子来担承。五六岁就跟着爸爸出来了，不，是爸爸跟着儿子了。瞎爸爸一手扶在儿子肩头上，儿子则是一手拿着弹弓橡皮筋什么的在放射。但是儿子从不离开父亲一步，你看，他从五六岁，七八岁，九岁十岁，到今天，像谢雷那样的打扮了，有十六七了吧！虽然摆的是青春少年的架势，但仍不离开父亲一步。母亲几时死去的？好几年前就听说死了。这妇人的一生快乐吗？很不甘心地死去吧？一定还舍不得离开瞎的丈夫，幼小的儿子。

收买酒干报纸的，近日成群地过来，搬家的人很多的缘故，但是我总不能忘记最诚实可靠的那个。

许多年来，都是把家里的旧报纸和瓶瓶罐罐的卖给缺了门牙的那个。他每次来，都是很诚恳地用他的秤一边称着一边说：

“我的秤头是没有错的，做生意就要老实，一点儿都不能乱来。”

我很高兴，我说：

“是的，旧报纸不是值钱的东西，我也不是在乎那一毛两毛的，但是，如果不诚实的秤，真让人生气，我最厌恶不诚实。”

生意做得很顺利，个把月，他来一趟。他喊的声音是深沉的、老练的、稳重的。我家的报纸和旧杂志太多太多了。十几种报纸和三十几种杂志。每次他来，都说：“我的秤头是没有错的……报纸有很多剪了洞的，也没关系……”

我也有些歉意，蝇头小利，是多么不容易，我说：“剪了洞的，就不要算秤，扔在一边好了。但是我的杂志是崭新的。你看，你看，你称斤买了去，到旧书摊就是起码一块一本呢！”

忽然有一年，我家阿绸心血来潮，把报纸称了称，家里没有秤，她是怎么去称的，我也不清楚。然后，诚实的人来了，他又说：“我的秤头没有错……”阿绸从身后拿出了另一根秤，揭发了他十年来的不诚实。好可怕的一刹那！最小的事情，最少的利润，变成了最大的骗局。这样的局面，比面对一个抢劫的强盗还令人尴尬吧！那时的心情，感觉到的是受了侮辱，而不是欺骗。

此后，很多日子，那个深沉的、老练的、稳重的声音，不再从早晨的窗子透过来。我偶然老远的在巷头看见他了，他就绕道而行。一个月一个月地过去了，报纸和杂志堆得把那块地板都压凹下去了。没有勇气再叫另外收买报纸的，觉得彼此诚实是一件困难的事，觉得一向信任的事突然扭转成这个样子，不知道该怎么处理了。

我和阿绸很想把这件事忘记，我们很希望他再敲一敲我们那扇友情之门，如果他再说一次“我这回秤头没有错”，我们一定会相信他，一定会说：“快拿去称吧，堆得太久了。”但是他自那以后并没有再出现。

导读

林海音，一九一八年生于日本大阪，二〇〇一年逝世于台北。三岁随父母由日返台，五岁到北京，在北京度过童年与青年时期，同时完成了从学生到新闻记者、从少女到为人妻母的转变，可以说，北京是她文学之路的起点，因此，她对北京一直有着深厚的情感，代表作《城南旧事》就是她在北京童年生活的写照。一九四八年，举家迁返台湾，担任过《联合报》副刊主编等职。在长期的编辑、写作、出版生涯中，她提携了大量爱好写作的新人，也凝聚了一大批文化界人士，对台湾现代文学的推展不遗余力，备受推崇，被称为台湾文学“祖母级的人物”，作家隐地甚至说：“当年的林先生家就是文坛的一半。”她的作品被译为多种文字，曾获第二届五四奖“文学贡献奖”等奖项。

林海音的散文集有《冬青树》《两地》《窗》（与何凡合著）、《静静的听》等十几本，大多取材自日常生活，融入自己的情感与思索，小中见大，质朴中透着清丽的神韵，对人性的洞悉，又使她笔下充满温暖的理解与同情。《豆腐一声天下白》中对每日早起迎接太阳的卖豆腐妇人的关心，以及无意间戳穿收旧报纸者的假装老实而感到内疚的心情，很可以看出在收放自如的文字背后，跃然纸上的女性细腻心思与丰富情感。长保赤子之心的乐观开朗，特殊而多姿的人生历练，爱与美的文学信仰，使她的人和作品恒久地散发出动人的艺术魅力。

——张堂锜

第二章　味道日常

生活是一件件微不足道的小事，平淡的日子里总有动人的风景。

午后书房

林文月

照例的，我又睡了一个失眠的午觉。有些朋友知道我擅长失眠，但那是意味子夜的辗转反侧。夜间万籁俱寂，不能顺利入睡，尚值得同情；但午觉而失眠，则是多此一举，胡思乱想，更属咎由自取。无论如何，使身体平卧，四肢放松，总是一种休息，有益健康；何况，我又喝过一小杯浓郁的咖啡，所以此刻感觉神明清朗，完全不像一个方才失了眠的人。

我走进属于自己的小小天地——这间比上不足比下有余的微暗书房。为了节省能源，我给自己规定，日间只开台灯，吊灯至少要到黄昏才能亮起。

桌面上，书籍、笔记杂陈，只留小小一方空间。我犹豫了一下，不知该用什么资料填满这个留白。侧头看一看右壁上的月历。那上面的各种记号显示，这个月内，有两个学生的论文学位口试、一个学术会议的讲评，以及一次校外的演讲。那个校外演讲的大纲已经拟妥，只需于前一天再温习一次即可；两个论文口试之中，有一个是自己指导，当无甚好挂念的，另一本学位论文，据说当事人尚在赶写的最后阶段，不知何时送来，又如何能于短时间内审阅完毕拟就试题？我在这儿紧张也无用。至于讲评的部分，时间与地点都印制成表，早已收到，那上面甚至还排好了主讲人及讲题顺序，只是论文也迟迟尚未到手，希望不至于像上回在南部开会时看到一位讲评者在松山机场才收到文章，于飞往台南的机舱内赶读那样匆遽才好。

看来，这个下午还是务正业要紧。

大学部的课，为着配合毕业班提前停课，康乐[①]山水佳篇已大体讲完。有一部分用讲义取代授课，让学生去自习。余下二首临终之作，除典故技巧的讲解之外，最难处理的是诗人充满矛盾的性格与心理。每次讲到这个问题，都不免徘徊感慨。其诗也，富艳精工，其人也，恃才傲物，而诗篇与行迹之间的距离，最是难以常情衡量理解。关于《临川被收》诗，陈胤倩说："累仕之后，忽发此愤，诚非情实。然吾谓康乐胸中未忘此意，于其哀庐陵信之。"这样的辩解，本身就显示矛盾，比较难以令人信服。黄晦闻则说："康乐于性理之根本功夫，缺乏修养，故不免推迁，无终始靡他之志，昧穷连独兼之义，于功名富贵，犹不能忘怀。是故山水不足以娱其情，名理不足以解其忧。学足以知之，才足以言之，而力终不足以行之也。"这个说法，或者可能从根本上来解析康乐一生悲剧症结所在。

把这两首康乐生命末期的作品讲完，给诗人送终，这学年也将结束

---

① 康乐是指谢灵运，他曾被封为康乐侯，故有此称谓。下文《临川被收》是其诗作之一。

了。回顾一学年以来，这班专书的课，人数并不多，但正式选修的学生，加上一些零星出席的旁听生，倒也始终维持一个局面；比起传说中，日本已故汉学家青木正儿独对一个学生，其余皆逃课，而那学生竟是自己儿子，要壮观多了。只是，有时难免反省，未知学生们可曾从这个课堂上学得一些什么没有？几回看到他们茫然的眼神，心底难免着急，唯恐自己的讲解乏味，未足以引人入胜。何以这样在乎学生的表情呢？也许他们只是偶然出神分心罢了，人人都有特殊的理由分心出神的，这一点，应予体谅才好。

我合上谢康乐诗集和讲义夹子，起身到饭厅去冲一杯热茶。从前只喝冰水及咖啡，不懂得品茗，近年来逐渐喜欢喝茶，也许是年岁的缘故吧，稍微解得苦涩中带甘芳的趣味。尤其午后书房静坐，放置一杯热茶于案头，颇有些定心功用，而当阅读略感疲惫之际，或写作灵感困踬之时，更可借细啜以为调剂。再度回到书桌前。这次，我把《洛阳伽蓝记》的各种版本及参考数据摊满眼前。杨衒之写这本书，颇具悲壮的使命感，其序文有语："京城表里，凡有一千余寺，今日寮廓，钟声罕闻，恐后世无传，故撰斯记。"然而，斯记内涵甚广，岂止为留传寺院遗迹而已，更兼及于历史兴衰、政治葛藤，乃至风俗习惯、传说异闻，文笔则浓丽秀逸，叙事则宛转有致，耐人寻味。我六年前在香港坊间购得周祖谟的校释本，细读后即觉兴味浓厚。其后又陆续收集到不同版本，愈觉其价值非凡。两年来，遂用为课堂上开放讨论之用。这个学期，本拟暂停，但由于去年暑假里偶然先后辗转买到英文译本（W. F. J. Jenner, Memories of Loyang）及日本译注本（入矢義高译注《洛阳伽蓝记》），可供侧面的参考，更凑巧的是，开学之前，适时得到香港中文大学杨勇教授以他多年心血的《洛阳伽蓝记校笺》新书见赠，遂决定继续与学生再读一次此书。

《洛阳伽蓝记》的正文与子注之分辨，为历来治学者所最注意，然而各种版本均有其道理所在，亦有其自相矛盾之处，莫衷一是。在班上，我也引导学生注意及此，但我们更注重的是，杨衒之著述此书的心态与笔调等文学旨趣，以及历史观点方面的问题。书的内容分洛阳城内、城东、南、西、北，大体以一寺为一条。逐条讨论下来，令学生仔细阅读，慢慢摸索。由于可资参考的论著不多，所以我和学生一样怀着诚惶诚恐的心理，必得战战兢兢准备充分，才敢踏入教室。至于有关古代的寺院建筑与佛像艺术等专门的知识，仅凭文字想象，恐无法印象深刻，通常我会安排请专家放映幻灯片讲解。

然而，一本记述有关北魏寺院的书，年轻人读久了，也许会厌腻。前一阵子，上课的情形甚不热烈，空气窒凝，陷入低潮。那时，也是我自己家中多事之际，高龄的父亲住入医院，准备接受切除脑瘤与否？正徘徊犹豫着。为此，散居各地的兄弟姊妹都飞回台北。我奔走于课堂与医院之间，应对人与事，忧虑又疲惫。但面对环坐的学生，便像是一个粉墨登场的演员，不容表露一己的欢愁情绪，只是伪装平静的结果，终于使我也感染到课室里弥漫的低潮气氛，深为挫折感所侵蚀。记得很清楚，那天于责备学生之余，回家后，自己竟然像一个打败仗的士兵，顿丧斗志，甚至萌生辞去教职的念头。

不过，经过那次责备以后，学生们的读书情绪似稍提高，堂上的发言与讨论又复苏；而父亲的白发虽已剃去，所幸紧急会诊之后，决定不予开刀，已返家静养。我消沉的情绪，才又慢慢解散。

教书真是一个奇妙的行业。如果自觉准备得充分，教得有条理，甚至偶尔还有些许神来之笔，因而见到学生之间有振奋的眼神，下课之后，实在轻松愉快，觉得世界如此美丽，人生充满信心！可是，有时候同样用心准备，却遇着学生没精打采，丝毫不起共鸣沟通，便会愈讲愈没有兴趣。为此，常会一整天都心灰意冷，消沉乏力。

环视周遭，自下而上，层层排列、围绕着我的众书，几乎都与多年来教书的内容有直接或间接关联。回忆当年选读文学，本拟做一辈子快乐的读书人，讵料教书的责任，以及对本业的敬重，却逐渐把自己有限的时间与精力囿限于较小的读书范围里，遂令“泛览周王传，流观山海图”的逍遥乐趣不复可得。经常也还是忍不住地买回一些闲杂书。然而明知还有太多的正经书待阅，便也只好将它们暂时搁置书橱较远的角落，当做寒暑假时的享受准备，然而，寒暑假则又往往不得不为某篇论文的写作绞尽脑汁，致令时光空逝，好书尘封未动者颇不少。

至于坐在这个位置上，伸手可及处所摆列的、叠放的，尽是常用的工具书，或这个学期授课的相关书，或正着手写作的论文的参考数据等等。这些书籍数据的堆放，看似杂乱，实则乱中有序，对我个人而言，即令停电，也不难摸索到一本所需要的书。

有时在书房里独坐良久，倒也未必是一直专心读书写作。譬如说，重读远方的来信，想象友朋的近况，也是很自然的事情；甚而什么念头都没有，只是空白地发呆，也是人生的片刻。因为在这个宁谧的斗室内，我最是我自己，不必面对他人，无需伪装，更无需武装，自在而闲适。

自在而闲适的时光，可也最容易不知不觉地溜走。像现在，我已经从方才刚进书房时的专心一致，而逐渐变得分心出神起来。许是坐得太久，有点儿累了吧。

我站起来，看看紊乱叠放书籍和纸笔的桌面，并不想去整理；就让它紊乱去吧。

天色已昏暗，我本想让吊灯也亮起，可是并没有走到门口去开那个开关，反而顺手把台灯关熄；于是，薄暮忽然就爬进我的书房里。

温 州 街 到 温 州 街

林 文 月

从温州街七十四巷郑先生的家到温州街十八巷的台先生家，中间仅隔一条辛亥路，步调快的话，大约七八分钟便可走到，即使漫步，最多也费不了一刻钟的时间。但那一条车辆飙驰的道路，却使两位上了年纪的老师视为畏途而互不往来颇有年矣！早年的温州街是没有被切割的，台湾大学的许多教员宿舍便散布其间。我们的许多老师都住在那一带。闲时，他们经常会散步，穿过几条人迹稀少的巷弄，互相登门造访，谈天说理。时光流逝，台北市的人口大增，市容剧变，而我们的老师也都年纪在八十岁以上了，辛亥路遂成为咫尺天涯，郑先生和台先生平时以电话互相问安或传递消息；偶尔见面，反而是在更远的各种餐馆，两位各由学生搀扶接送，筵席上比邻而坐，常见到他们神情愉快地谈笑。

三年前仲春的某日午后，我授完课顺道去拜访郑先生。当时《清昼堂诗集》甫出版，郑先生掩不住喜悦之情，教我在客厅稍候，说要到书房去取一本已题签好的送给我。他缓缓从沙发椅中起身，一边念叨着："近来，我的双腿更衰弱没力气了。"然后，小心地蹭蹬地在自己家的走廊上移步。望着那身穿着中式蓝布衫的单薄背影，我不禁又一次深刻地感慨岁月抛人而去的悲哀与无奈！

《清昼堂诗集》共收郑先生八十二岁以前的各体古诗千余首，并亲为之注解，合计四八八页，颇有一些沉甸甸的重量。我从他微颤的手中接到那本设计极其清雅的诗集，感激又敬佩地分享着老师新出书的喜悦。我明白这本书从整理、誊写，到校对、杀青，费时甚久；老师是十分珍视此诗集的出版，有意以此传世。

见我也掩不住兴奋地翻阅书页，郑先生用商量的语气问我："我想亲自送一本给台先生。你哪天有空，开车送我去台先生家好吗？"封面有台先生工整的隶书题字，郑先生在自序末段写着："老友台静农先生，久已声明谢绝为人题写书签，见于他所著《龙坡杂文》《我与书艺》篇中，这次为我破例，尤为感谢。"但我当然明白，想把新出版的诗集亲自送到台先生手中，岂是仅止于感谢的心理而已；陶潜诗云："奇文共欣赏，疑义相与析。"何况，这是蕴藏了郑先生大半生心血的书，他内心必然迫不及待地要与老友分享那成果吧。

我们当时便给台先生打电话，约好就在那个星期日的上午十时，由我驾车接郑先生去台先生的家。其所以挑选星期日上午，一来是放假日子人车较少，开车安全些；再则是郑先生家里有人在，不必担心空屋无人看管。

记得那是一个春阳和煦的星期日上午。出门前，我先打电话给郑先生，请他准备好。我依时到温州街七十四巷，把车子停放于门口，下车与郑先生的女婿顾崇豪共同扶他上车，再绕到驾驶座位上。郑先生依然是那一袭蓝布衫，手中谨慎地捧着诗集。他虽然戴着深度近视眼镜，可是记性特别好，从车子一发动，便指挥我如何左转右转驶出曲折而狭窄的温州街；其实，那些巷弄对我而言，也是极其熟悉的。在辛亥路的南侧停了一会儿，等交通号志变绿灯后，本拟直驶到对面的温州街，但是郑先生问："现在过了辛亥路没有？"又告诉我："过了辛亥路，你就右转，到了巷子底再左转，然后顺着下去就可以到台先生家了。"我有些怀疑，这不是我平常走的路线，但老师的语气十分肯定，就像许多年前教我们课时一般，便只好依循他的指示驾驶。结果竟走到一个禁止左转的巷道，遂不得不退回原路，重新依照我所认识的路线行驶。郑先生得悉自己的指挥有误，连声向我道歉。"不是您的记性不好，是近年来台北的交通变化太大。您说的是从前的走法；如今许多巷道都有限制，不准随便左转或右转的。"我用安慰的语气说。"唉，好些年没来看台先生，路竟然都不认得走了。"他有些感慨的样子，习惯地用右手掌摩挲着光秃的前额说。"其实，是您的记性太好，记得从前的路啊。"我又追添一句安慰的话，心中一阵酸楚，不知这样的安慰妥当与否？

崇豪在郑先生上车后即给台先生打了电话，所以车转入温州街十八巷时，远远便望见台先生已经站在门口等候着。由于我小心慢驶，又改道耽误时间，性急的台先生大概已等候许久了吧？十八巷内两侧都停放着私家小轿车，我无法在只容得一辆车通行的巷子里下车，只好将右侧车门打开，请台先生扶郑先生先行下车，再继续开往前面去找停车处。车轮慢慢滑动，从照后镜里瞥见身材魁梧的台先生正小心搀扶着清而微偻的郑先生跨过门槛。那是一个有趣的形象对比，也是颇令人感觉温馨的一个镜头。台先生比郑先生年长四岁，不过，从外表看起来，郑先生步履蹒跚，反而显得苍老些。

待我停妥车子，推开虚掩的大门进入书房时，两位老师都已端坐在各自适当的位置上了——台先生稳坐在书桌前的藤椅上，郑先生则浅坐在对面的另一张藤椅上。两人夹着一张宽大的桌面相对晤谈着；那上面除杂陈的书籍、砚台、笔墨，和茶杯、烟灰缸外，中央清出的一块空间正摊开着《清昼堂诗集》。台先生前前后后地翻动书页，急急地诵读几行诗句，随即又看看封面看看封底，时则又音声洪亮地赞赏："哈啊，这句子好，这句子好！"郑先生前倾着身子，背部微驼，从厚重的镜片后眯起双眼盯视台先生。他不大言语，鼻孔里时时发出轻微的喀嗯喀嗯声。那是他高兴或专注的时候常有的表情，譬如在读一篇学生的佳作时，或听别人谈说一些趣事时；而今，他正十分在意老友台先生对他甫出版诗集的看法。我忽然完全明白了，古人所谓"奇文共欣赏"，便是眼前这样一幕情景。

我安慰地靠墙坐在稍远处，啜饮杯中微凉的茶，想要超然而客观地欣赏那一幕情景，却终于无法不融入两位老师的感应世界里，似乎也分享得他们的喜悦与友谊，也终于禁不住地眼角温热湿润起来。

日后，台先生曾有一诗赞赏《清昼堂诗集》：

千首诗成南渡后，
精深隽雅自堪传。
诗家更见开新例，
不用他人作郑笺。

郑先生的千首诗固然精深隽雅，而台先生此诗中用"郑笺"的典故，更是神来之笔，实在是巧妙极了。

其实，两位老师所谈并不多，有时甚至会话中断，而呈现一种留白似的时空。大概他们平常时有电话联系互道消息，见面反而没有什么特别新鲜的话题了吧？抑或是相知太深，许多想法尽在不言中，此时无声胜有声吗？

约莫半个小时左右的会面晤谈。郑先生说："那我走了。""也好。"台先生回答得也简短。

回郑先生家的方式一如去台先生家时。先请台先生给崇豪、秉书夫妇打电话，所以开车到达温州街七十四巷时，他们两位已等候在门口；这次没有下车，目送郑先生被他的女儿和女婿护迎入家门后，便踩足油门驶回自己的家。待返抵家后，我忽然冒出一头大汗来。觉得自己胆子真是大，竟然敢承诺接送一位眼力不佳，行动不甚灵活的八十余岁老先生于拥挤紧张的台北市区中；但是，又仿佛完成了一件大事情而心情十分轻松愉快起来。

那一次，可能是郑先生和台先生的最后一次相访晤对。

郑先生的双腿后来愈形衰弱；而原来硬朗的台先生竟忽然罹患恶疾，缠绵病榻九个月之后，于去秋逝世。

公祭之日，郑先生左右由崇豪与秉书扶持着，一清早便神色悲戚地坐在灵堂的前排席位上。他是公祭开始时第一位趋前行礼的人。那原来单薄的身子更形单薄了，多时没有穿用的西装，有如挂在衣架上似的松动着。他的步履几乎没有着地，全由女儿与女婿架起，危危颠颠地挪移至灵坛前，一路恸哭着，涕泪盈襟，使所有在场的人倍觉痛心。我举首望见四面墙上满布的挽联，郑先生的一副最真切感人：

六十年来文酒深交吊影今为后死者

八千里外山川故国伤怀同是不归人

那一个仲春上午的景象，历历犹在目前，实在不能相信一切是真实的事情！

台先生走后，郑先生更形落寞寡欢。一次拜访之际，他告诉我："台先生走了，把我的一半也带走了。"语气令人愕然。"这话不是夸张。从前，我有什么事情，总是打电话同台先生商量；有什么记不得的事情，打电话给他，即使他也不记得，但总有些线索去打听。如今，没有人好商量了！没有人可以询问打听了！"郑先生仿佛为自己的诗作注解似的，更为他那前面的话作补充。失去六十年文酒深交的悲哀，丝毫没有掩饰避讳地烙印在他的形容上、回响在他的音声里。我试欲找一些安慰的话语，终于也只有恻然陪侍一隅而已。腿力更为衰退的郑先生，即使居家也须倚赖轮椅，且不得不雇用专人伺候了。在黄昏暗淡的光线下，他陷坐轮椅中，看来十分寂寞而无助。我想起他《诗人的寂寞》启首的几句话："千古诗人都是寂寞的，若不是寂寞，他们就写不出诗来。"郑先生是诗人，他老年失友，而自己体力又愈形退化，又岂单是寂寞而已？近年来，他谈话的内容大部分围绕着自己老化的生理状况，又虽然缓慢却积极地整理着自己的著述文章，可以感知他内心存在着一种不可言喻的又无可奈何的焦虑。

今年暑假开始的时候，我因有远行，准备了一盒郑先生喜爱的松软甜点，打电话想征询可否登门辞行。岂知接电话的是那一位护佐，她劝阻我说："你们老师在三天前突然失去了记忆力，躺在床上，不方便会客。"这真是太突然的消息，令我错愕良久。"这种病很危险吗？可不可以维持一段时日？会不会很痛苦？"我一连发出了许多疑问，眼前闪现两周前去探望时虽然衰老但还谈说颇有条理的影像，觉得这是老天爷开的玩笑，竟让记性特好的人忽然丧失记忆。"这种事情很难说，有人维持很久，但是也有人很快就不好了。”她以专业的经验告诉我。

旅行中，我忐忑难安，反复思考着：希望回台之后还能够见到我的老师，但是又恐怕体质比较薄弱的郑先生承受不住长时的病情煎熬；而台先生缠绵病榻的痛苦记忆又难免浮现脑际。

七月二十八日清晨，我接获中文系同事柯庆明打给我的长途电话。郑先生过世了。庆明知道我离台前最焦虑难安的心事，故他一再重复说：“老师是无疾而终。走得很安详，很安详。”

九月初的一个深夜，我回来。次晚，带了一盒甜点去温州街七十四巷。秉书与我见面拥泣。她为我细述老师最后的一段生活以及当天的情形。郑先生果然是走得十分安详。我环顾那间书籍整齐排列，书画垂挂墙壁的客厅。一切都没有改变。也许，郑先生过世时我没有在台北，未及瞻仰遗容，所以亲耳听见，也不能信以为真。有一种感觉，仿佛当我在沙发椅坐定后，老师就会轻咳着、步履维艰地从里面的书房走出来；虽是步履维艰，却不必倚赖轮椅的郑先生。

我辞出如今已经不能看见郑先生的温州街七十四巷，信步穿过辛亥路，然后走到对面的温州街。秋意尚未的台北夜空，有星光明灭，但周遭四处飘着闷热的暑气。我又一次非常非常怀念三年前仲春的那个上午，泪水便禁不住地婆娑下流。我在巷道中忽然驻足。温州街十八巷也不再能见到台先生了。而且，据说那一幢日式木屋已不存在，如今钢筋水泥的一大片高楼正在加速建造中；自台先生过世后，实在不敢再走过那一带地区。我又缓缓走向前，有时闪身让车辆通过。

不知道走了多长时间，终于来到温州街十八巷口。夜色迷蒙中，果然矗立着一大排未完工的大厦。我站在约莫是从前六号的遗址。定神凝睇，觉得那粗糙的水泥墙柱之间，当有一间朴质的木屋书斋；又定神凝睇，觉得那木屋书斋之中，当有两位可敬的师长晤谈。于是，我仿佛听到他们的谈笑亲切，仿佛感受到春阳煦暖了。

导读

林文月，一九三三年生于上海，台湾彰化人。曾在台湾地区、美国多所知名高校担任教职。林文月专攻六朝文学及中日比较文学，曾翻译《源氏物语》《伊势物语》等古典名著。曾获中兴文艺奖章、《中国时报》文学奖推荐奖等奖项。著有散文集《遥远》《读中文系的人》《午后书房》《交谈》《拟古》《饮膳札记》《回首》《人物杞记》等，评论集《中古文学论丛》。

《午后书房》写一个无所事事的闲散午后，身体囿于书房狭小空间，思绪却是神游太虚，文笔从容不迫流泻过教学和生活琐细之事，带出她对生活的反省和思索，整个下午看似一无所成，却娓娓写出时间流逝的寂静之声。《温州街到温州街》记述两位老师的温馨情谊。以空间而论，从温州街到温州街并不远；对两位老迈的老师而言，却是咫尺天涯，那巷弄之间的穿梭恰似时间的皱折，里头隐藏着老师相交半辈子的许多故事。两位老师逝世之后，故事连同故址一并消失，留下林文月的温州街悼念文字。时间，依然是此文秘而不宣的主题。

——钟怡雯

红 纱 灯

琦 君

小时候，我每年过新年都有一盏红灯笼，那是外公亲手给我糊的。一盏圆圆直直的大红鼓子灯，两头边沿镶上两道闪闪发光的金纸。提着它，我就浑身暖和起来，另一只手捏在外公暖烘烘的手掌心里，由他牵着我，去看庙戏或赶热闹的提灯会。

八岁那年，他却特别高兴地做了两盏漂亮精致的红纱灯：一盏给我，一盏给比我大六岁的五叔。这两盏灯，一直照亮着我们。现在，灯光好像还亮在我眼前，亮在我心中。

每年腊月送灶神的前一天，外公一定会准时来的。从那一天起，我的家庭教师也开始给我放寒假了。寒假一直放到正月初七迎神提灯会以后，足足半个月，我又蹦跳又唱歌又吃。妈妈说我胖得像一只长足了的蛤蟆，鼓着肚子，浑身的肉都紧绷绷的。几十里的山路，外公要从大清早走起，走到下午才到。我吃了午饭，就搬张小竹椅子坐在后门口等，下雨天就撑把大伞。外公是从山脚边那条弯弯曲曲的田埂路上，一脚高一脚低地走来的。一看见他，我就跑上前去，抱住他的青布大围裙喊：

“外公，你来啦，给我带的什么？”

“红枣糖糕，再加一只金元宝，外公自己做的。”

外公总说什么都是他自己做的，其实红枣糖糕是舅妈做的，外公拿它来捏成各色各样的玩意儿，麻雀、兔子、猪头、金元宝。每年加一样新花样。

“今年给我糊什么灯？”

“莲花灯、关刀灯、兔子灯、轮船灯，你要哪一样？”

外公说了那么多花样，实际上他总给我糊一盏圆筒筒似的鼓子灯。外公说他年轻时样样都会，现在老了，手不大灵活，还是糊鼓子灯方便些。我也只要鼓子灯，不小心烧掉了马上再糊上一层红纸，不需要我等得发急。

外公的雪白胡须好长好长，有一次给我糊灯的时候，胡须尖掉进糨糊碗里，我说：“外公，小心晚上睡觉的时候，老鼠来咬你的胡须啊！”

“把我下巴啃掉了都不要紧，天一亮就会长出一个新的来。”

“你又不是土地爷爷。”我咯咯地笑起来。

“小春，你知道土地爷爷是什么人变的吗？”

“不知道。”

“是地方上顶好的人变的。”

“怎么样的人才是顶好的好人呢？”

外公眯起眼睛，用满是糨糊的手摸着长胡子说：“小时候不偷懒，不贪吃，不撒谎，用功读书，勤快做事。长大了，人家有困难就不顾一切地去帮助他。”

“你想当土地爷爷吗？外公？”

“想是想不到的，不过不管怎么样，一个人总应当时时刻刻存心做好人。”

好人与坏人，对八岁的我来说，是极力想把他们分个清楚的。不过我还没见过什么坏人，只有五叔，有时趁我妈妈不在厨房的时候，偷偷在碗橱里倒一碗酒喝，拿个鸭肫干啃啃，或是悄悄地去爸爸书房里偷几根加利克香烟，躲在谷仓后边去抽；我问过外公，外公说：“他不是坏人，只是习惯学坏了，让我来慢慢儿劝他，他会学好的。”

外公对五叔总是笑眯眯的，不像爸爸老沉着一张脸，连正眼都不看他一下。所以外公来了，五叔也非常高兴。有时帮他劈灯笼用的竹子。那一天，我们三个人在后院暖洋洋的太阳里，外公拿剪子剪灯上用的纸花，五叔用细麻绳扎篾签子，我把甜甜的花生炒米糖，轮流地塞在外公和五叔的嘴里。外公嚼起来喀啦喀啦地响，五叔说：

“外公，您老人家的牙真好。”

“吃番薯的人，样样都好。”外公得意地说。

“看您要活一百岁呢。”五叔说。

“管他活多大呢。我从来不记自己的年纪的。”

“我知道，妈妈说外公今年六十八岁。”

“算算看，外公比你大几岁？”五叔问我。

“大六岁。”我很快地说。

“糊涂虫，怎么只大六岁呢？”五叔大笑。

“大十岁。”我又说。其实我是故意逗外公乐的，我怎么会算不出来，外公比我整整大六十岁。

“大八岁也好，十岁也好，反正外公跟你提灯的时候就是一样年纪。”外公俯身拾起一粒木炭，在洋灰地上画了一只长长的大象鼻子，问我：“这是‘阿伯伯’六字吗？”

“不是‘阿伯伯’，是‘阿拉伯’六字，你画得一点也不像。”我抢过木炭，在右边再加个八字。说：“这是外公的年纪。”

五叔把木炭拿去，在左边加了一竖，说：“您老就活这么大，一百六十八岁，好吗？”

“那不成老人精了？”外公哈哈大笑起来，放下剪刀，又笃笃地吸起旱烟管来了。五叔连忙从身边摸出一包洋火，给他点上。外公笑嘻嘻地问：“老五，你身边怎么总带着洋火呢？”

“给小春点灯笼用的。”五叔很流利地说。

“才不是呢！你在妈妈经堂偷来，给自己抽香烟用的。不信你口袋里一定还有香烟。”我不由分说，伸手在他口袋里一摸，果真掏出两根弯弯扁扁的加利克香烟，还有两个烟蒂头，五叔的脸马上飞红了。

“这是大哥不要了的。”五叔结结巴巴地说。

外公半晌没说话，喷了几口烟，他忽然说：“小春，把香烟剥开来塞在旱烟斗里，给外公抽。”又回头对五叔说：“你手很巧，我教你扎个关刀灯给小春，后天是初七，我们一起提灯去。”

“我不去，我妈骂我没出息，书不念，只会赶热闹，村里的人也都瞧不起我。”

“那么，你究竟念了书没有？”

“念不进去，倒是喜欢写毛笔字。”

“那好，你就替我拿毛笔抄本书。”

“抄什么书？”

“《三国演义》。”

“那么长的书，您要抄？”

“该，字太小，我老花眼看不清楚。你肯帮我抄吗？抄一张字一毛钱，你不想多挣几块钱吗？”

“好，我替您抄。”

五叔与外公这笔生意就这样成交了。外公摸出一块亮晃晃的银圆，给五叔去买纸笔。他还买回好多种颜色的玻璃纸给我糊灯。外公教他扎关刀灯，自己一口气又糊了五盏鼓子灯：红的、绿的、黄的、蓝的，一盏盏都挂在廊前。五叔拿着糊好的关刀灯在我面前摆一个姿势，眼睛闭上，把眉心一皱，做出关公的神气。在五彩瑰丽的灯光里，我看见五叔扬扬得意的笑。

提灯会那天下午，天就飘起大雪来。大朵的雪花在空中飞舞，本来是我最喜欢的，可是灯将会被雪花打熄，却使我非常懊丧。外公说：“不要紧，我撑把大伞，你躲在我伞下面只管提，老五就拿火把，火把不怕雪打的。”

外公套上大钉鞋，五叔给我在蚌壳棉鞋外面绑上草鞋，三个人悄悄地从后门出去，到街上追上了提灯队伍。妈妈并不知道，她知道了是绝不许外公与我在这么冷的大雪夜晚到外面跑的。

雪愈下愈大，风就像刀刺似的。我依偎在外公身边，一只手插在他的羊皮口袋里，提鼓子灯的手虽然套着手套，仍快冻僵了。五叔在我前面握着火把，眼前一长列的灯笼、火把，照得明晃晃的雪夜都成了粉红色。大家的草鞋在雪地上踩得嘎吱嘎吱响。外公的钉鞋插进雪里又提起来，却发出清脆的沙沙声。我吸着冷气，抬头看外公，他的脸和眼睛都发着亮光。

“外公，你冷不冷？”我问他。

“愈走愈暖和，怎么会冷，你呢？”

“外公不冷，我就不冷。”

“说得对，外公六十八岁都不冷，你还冷？”他把我提灯的手牵过去，我冻僵的手背顿时感到一阵温暖。我快乐地说：“外公，我真喜欢你。”

“我也真喜欢你，可是你长大了要出门读书，别忘了过新年的时候回来陪外公提灯啊。”

“一定的。等我大学毕业挣了大钱，就请四个人抬着你提灯。”

“那我不真成了土地公公啦？”他呵呵地笑了。

提灯队伍穿过热闹的街心，两旁的商店都噼噼啪啪放起鞭炮来。队伍的最前面敲着锣鼓，也有吹箫与拉胡琴的声音；闹哄哄地穿出街道，又向河边走去，火把与红红绿绿的灯光，照在静止的深蓝河水中，岸上与河里两排灯火，弯弯曲曲，摇摇晃晃地向前蠕动着。天空仍飘着朵朵雪花，夜是一片银白色，我幻想着仿佛走进海龙王的水晶宫里去了。忽然前面一阵骚动，有人大声喊：“不得了，有人掉进河里去了。”

我吃了一惊，一时眼花缭乱。仔细一看，一直走在前面的五叔不知什么时候已经不见了，我拉着外公着急地说：“怎么办呢？一定是五叔掉进河里去了。”

外公却镇静地说：“不会的，他这么大的人怎么会掉进河里去呢？”

长龙缩短了，火把和灯笼都聚集在一起。在乱糟糟的喊声中，却听见扑通一声，有人跳进河里去。我不由得赶上前面，挤进人丛，看见一个人拖着一个孩子湿淋淋地爬上岸来，仔细一看，原来是五叔。他抱着一个比他小不了多少的男孩子，把他交给众人；我抢上一步，捏着五叔冰冷彻骨的双手说：“五叔，你真了不起，你跳得好快啊。”

五叔咧着嘴笑，提灯队的人个个都向他道谢。说他勇敢，肯跳下快结冰的水里去救人。外公拈着胡须连连点头说：“好，你真好，快回去换衣服吧。”

五叔先回去了。外公仍牵我跟着队伍，一直到把菩萨送进了庙里才散。那时将近午夜，雪已经停止了，空气却愈来愈冷。外公把伞背上沉甸甸的雪抖落了，阖上伞，在我的鼓子灯里换上一枝长蜡烛。灯光又明亮了起来，照着雪地上我们俩一高一矮的影子，前前后后地摇晃着。提灯的人散去以后，我忽然感到一阵冷清，心里想着最热闹的年快过完了，随便怎样开心的事儿，总归都要过去的。我没精打采地说：“外公，我们快回家吧，妈要惦记了。”

回到家里，看见五叔坐在厨房里的长凳上，叔婆在给他烤湿漉漉的棉袄，妈正端了一碗热气腾腾的酒给他喝，说是给他祛寒气的，这回他可以大模大样地喝酒了。

我连忙问他：“五叔，你怎么有胆子一下就跳进这么冷的水里呢，你本来会泅水吗？”

“只会一点儿。那时我听见喊有人掉下水去了。我待了半天，忽然觉得前面的火把烧得这么旺，灯笼点得这么亮，这样热闹快乐的时候，怎么可以有人淹死在水里呢？我来不及多想，就扑通一下跳进水去。在水里起初我也很心慌，衣服湿了人就往下沉。可是我想到那个不会泅水的人快淹死了，他一定比我更心慌，我仰起头，看见岸上有那么多灯火，地上又是雪白的一片，我就极力往上看，往亮的地方看，那许多火把和灯光，好像给了我不少力气，我还是把那个人找到，拖上来了。”

“你知道村子里个个人都在夸奖你吗？”外公问他。

“我知道，从他们的脸上，我看得出来。”

“那么，把这碗酒慢慢地喝掉，喝得浑身暖暖的，以后别再喝酒了。”外公又端一碗酒给他说。

“我以后不再偷喝酒了，我要做个好人。”

“你本来就是好人嘛，外公说的，肯帮助人的就是好人。”我得意地说。

我的大红鼓子灯还提在手里，妈妈把它接去插在柱子上，又点起一枝大红蜡烛，放在桌子正中，照得整个厨房都亮亮的。五叔望着跳跃的烛光，一对细长眼睛睁得大大的，他转脸对外公说：“外公，我捧着火把跟大家跑的时候，忽然觉得灯真好，亮光真好，它照着人向前跑。照得我心里发出一股暖气，大家都在笑，都那么快乐，所以我也跑，跟着大家一起呐喊。我才知道以前不该躲躲藏藏地做旁人不高兴的事。外公，我以后再也不这样了。”

外公笑起来满脸的皱纹，外公好高兴，他的眯缝眼里发出了光辉。他摸着胡须说：“好，你说得真好，我要好好给你扎一盏灯，赶着十五提灯去。”

“我也要。”我喊。

“还少得了你的！”

外公叫妈妈找来两块大红薄纱绸，又叫五叔帮他劈竹子，整整忙了两天，他真的扎出两盏玲珑的六角形红纱灯。每个角都有绿丝线穗子垂下来，飘啊飘的，下面还有四只脚，可以提，又可以摆在桌上。原来外公的手艺这么高，他的手一点没有不灵活，以前只是为了赶工，懒得扎就是了。

两盏红纱灯并排儿挂在屋檐下面，照着天井里东一堆西一堆的积雪，和台阶下一枝开得非常茂盛的腊梅花。在静悄悄中散布出清香。

五叔注视着那灯光说：“明天起，我给您抄《三国演义》。”

“别给我抄《三国演义》了，请老师教你读书吧，读一篇，你就抄一篇，你大哥书房里那么多的书。”

“老师教我读什么书呢？”

“《论语》，那里面道理多极了。”

“《论语》，老师都教我背过了，只是觉得没什么意思。”

“我一句句打比喻解说给你听，你就有兴趣了。”

五叔点点头。

正月初七已过，我的假期满了，必须回到书房里。外公叫五叔也陪我一同读书。我们各人一张小书桌，晚上把两盏红纱灯摆在正中长桌上。我虽眼睛望着书本，心里却一直惦记十五的提灯会。五叔经外公一夸奖，书念得比我快，字写得比我好。外公告诉我爸爸，爸爸还不相信呢。

十五提灯会，不用说又是最快乐的一晚。那个被五叔救起的男孩子特地跑来约他一同去。我呢，仍旧牵着外公的手，把美丽的红纱灯提得高高的，向众人炫耀。

提灯会以后，快乐的新年过完了，可是我觉得这一年比往年更快乐，什么原因我却说不出来。是因为外公给我与五叔每人做了一盏漂亮的红纱灯吗？还是因为看五叔在灯下用心抄书，不再抽烟喝酒，不再偷叔婆的钱了呢？

母 亲 的 书

琦 君

母亲在忙完一天的煮饭，洗衣，喂猪、鸡、鸭之后，就会喊着我说：“小春呀，去把妈的书拿来。”

我就会问：“哪本书呀？”

“那本橡皮纸的。”

我就知道妈妈今儿晚上心里高兴，要在书房里陪伴我，就着一盏菜油灯光，给爸爸绣拖鞋面了。

橡皮纸的书上没有一个字，实在是一本“无字天书”。里面夹的是红红绿绿彩色缤纷的丝线，白纸剪的朵朵花样。还有外婆给母亲绣的一双水绿缎子鞋面，没有做成鞋子，母亲就这么一直夹在书里，夹了将近十年。外婆早过世了，水绿缎子上绣的樱桃仍旧鲜红得可以摘来吃似的。一对小小的喜鹊，一只张着嘴，一只阖着嘴，母亲告诉过我，那只张着嘴的是公的，阖着嘴的是母的。喜鹊也跟人一样，男女性格有别。母亲每回翻开书，总先翻到夹得最厚的这一页。对着一双喜鹊端详老半天，嘴角似笑非笑，眼神定定的，像在专心欣赏，又像在想什么心事。然后再翻到另一页，用心地选出丝线，绣起花来。好像这双鞋面上的喜鹊樱桃，是母亲长久的样本，她心里什么图案和颜色，都仿佛从这上面变化出来的。

母亲为什么叫这本书为橡皮纸书呢？是因为书页的纸张又厚又硬，像树皮的颜色，也不知是什么材料做的，非常坚韧，再怎么翻也不会撕破，又可以防潮湿。母亲就给它一个新式的名称——橡皮纸。其实是一种非常古老的纸，是太外婆亲手裁定起来给外婆，外婆再传给母亲的。书页是双层对折，中间的夹层里，有时会夹着母亲心中的至宝，那就是父亲从北平的来信，这才是“无字天书”中真正的“书”了。母亲当着我，从不抽出来重读，直到花儿绣累了，菜油灯花也微弱了，我背《论语》《孟子》背得伏在书桌上睡着了，她就会悄悄地抽出信来，和父亲隔着千山万水，低诉知心话。

还有一本母亲喜爱的书，也是我记忆中非常深刻的，那就是触目惊心的《十殿阎王》。粗糙的黄标纸上，印着简单的图画。是阴间十座阎王殿里、面目狰狞的阎王、牛头马面，以及形形色色的鬼魂。依着他们在世为人的善恶，接受不同的奖赏与惩罚。惩罚的方式最恐怖，有上尖刀山，落油锅，被猛兽追扑等等。然后从一个圆圆的轮回中转出来，有升为大官或大富翁的，有变为乞丐的，也有降为猪狗、鸡鸭、蚊蝇的。母亲对这些图画好像百看不厌，有时指着它对我说：“阴间与阳间的隔离，就只在一口气。活着还有这口气，就要做好人，行好事。”母亲常爱说的一句话是：“不要扯谎，小心拔舌耕犁啊。”“拔舌耕犁”也是这本书里的一幅图画，画着一个披头散发女鬼，舌头被拉出来，刺一个窟窿，套着犁头由牛拉着耕田，是对说谎者最重的惩罚。所以她常拿来警告人。外公说十殿阎王是人心里想出来的，所以天堂与地狱都在人心中。但因果报应是一定有的，佛经上说得明明白白的。

母亲生活上离不了手的另一本书是黄历。她在床头小几抽屉里，厨房碗橱抽屉里，都各放一本，随时取出来翻查，看今天是什么样的日子。日子的好坏，对母亲来说是太重要了。她万事细心，什么事都要图个吉利。买猪仔，修理牛栏猪圈，插秧、割稻都要拣好日子。腊月里做酒、蒸糕更不用说了。只有母鸡孵出一窝小鸡来，由不得她拣在哪一天，但她也要看一下黄历。如果逢上大吉大利的好日子，她就好高兴，想着这一窝鸡就会一帆风顺地长大，如果不巧是个不太好的日子，她就会叫我格外细心走路，别踩到小鸡，在天井里要提防老鹰攫去。有一次，一只大老鹰飞扑下来，母亲放下锅铲，奔出来赶老鹰，还是被衔走了一只小鸡。母亲跑得太急，一不小心，脚踩着一只小鸡，把它的小翅膀踩断了。小鸡叫得好凄惨，母鸡在我们身边团团转，咯咯咯地悲鸣。母亲身子一歪，还差点摔了一跤。我扶她坐在长凳上，她手掌心里捧着受伤的小鸡，又后悔不该踩到它，又心痛被老鹰衔走的小鸡，眼泪一直地流，我也要哭了。因为小鸡身上全是血，那情形实在悲惨。外公赶忙倒点麻油，抹在它的伤口，可怜的小鸡，叫声愈来愈微弱，终于停止了。母亲边抹眼泪边念往生咒，外公说：“这样也好，六道轮回，这只小鸡已经又转过一道，孽也早一点偿清，可以早点转世为人了。”我又想起《十殿阎王》里那张图画，小小心灵里，忽然感觉到人生一切不能自主的悲哀。

黄历上一年二十四个节气，母亲背得滚瓜烂熟。每次翻开黄历，要查眼前这个节日在哪一天，她总是从头念起，一直念到当月的那个节日为止。我也跟着背：“正月立春、雨水，二月惊蛰、春分，三月清明、谷雨……”但每回念到八月的白露、秋分时，不知为什么，心里总有一丝凄凄凉凉的感觉。小小年纪，就兴起“一年容易又秋风”的慨叹。也许是因为八月里有个中秋节，诗里面形容中秋节月亮的句子那么多。中秋节是应当全家团圆的，而一年盼一年，父亲和大哥总是在北平迟迟不归。还有老师教过我《诗经·蒹葭》：“蒹葭苍苍，白露为霜，所谓伊人，在水一方。溯回从之，道阻且长，溯游从之，宛在水中央。”我当时不大懂“宛在水中央”，而且感觉有点滑稽。最喜欢的是头两句。“白露为霜”使我联想起“鬓边霜”，老师教过我那是比喻白发。我时常抬头看一下母亲的额角，是否已有“鬓边霜”了。

母亲当然还有其他好多书，像《花名宝卷》《本草纲目》、绘图《列女传》《心经》《弥陀经》等经书。她最最尊敬的当然是佛经。每天点了香烛，跪在蒲团上念经。一页一页翻过去，有时一卷都念完了，也没看她翻，原来她早已会背了。我坐在经堂左角的书桌边，专心致志地听她念经，音调忽高忽低，忽慢忽快，却是每一个字念得清清楚楚、正正确确。看她闭目凝神的那份虔诚，我也静静地坐着一动不动。念完最后一卷经，她还要再念一段像结语那样的几句。最末两句是“四十八愿渡众身，九品咸令登彼岸。”念完这两句，母亲宁静的脸上浮起微笑，仿佛已经渡了终身，登了彼岸了。我望着烛光摇曳，炉烟缭绕，觉得母女两人在空荡荡的经堂里，总有点冷冷清清。

《本草纲目》是母亲做学问的书，那里面那么多木字旁、草字头的字，母亲实在也认不得几个。但她总把它端端正正摆在床头几上，偶然翻一阵，说来也头头是道。其实都是外公这位山乡郎中口头传授给她的，母亲只知道出典都在这本书里就是了。

母亲没有正式认过字，读过书，但在我心中，她却是博古通今的。

导读

琦君，本名潘希真。一九一七年生，浙江永嘉人。浙江省杭州之江大学中文系毕业，曾任中国文化学院副教授，中央大学、中兴大学教授等职。著有散文二十余种，另有论评及儿童文学专著多种。曾获中山学术基金会文艺创作散文奖、新闻局优良著作金鼎奖等奖项。

琦君写散文，几乎从来不曾想要要弄一些技巧、卖弄一点关子。她的散文结构是那么单纯、章法是那么朴素。就以《红纱灯》来说，第一段很直接，是全篇的“破题”，而第一句也很直接，是第一段的“破题”。再把全篇首尾对照来看，扣住题目的“两盏红纱灯”前后绾合起来，整个架构非常简单而清晰。

琦君行文走笔，也把话说得很直接，所以她散文的主题经常是清澈见底，《红纱灯》在开头就夫子自道：“这两盏灯，一直照亮着我们。现在，灯光好像还亮在我眼前，亮在我心中。”而《母亲的书》在结尾说：“母亲没有正式认过字，读过书，但在我心中，她却是博古通今的。”把主题讲得也够明白的。

本来，文章开口见喉，还有什么韵味？可是，琦君的高明就在单调的结构中流淌着不尽的菩萨泉。像《红纱灯》里的外公，运用他的智能，成功地使用机会教育拯救颓废的五叔，可贵的是那一股自然流动、无处不在的善心。

《母亲的书》里的母亲根本没有读过书，她之“博古通今”，除了《红纱灯》里的外公作为她的父亲给她“十殿阎王是人心里想出来的，所以天堂与地狱都在人心中”的教育，同时来自“太外婆亲手裁定起来给外婆，外婆再传给母亲”是代代承接的家教，雕塑出这样一位闪耀着传统光辉的女性。

读琦君散文，才知技巧有时无济于事，要掌握那无法言诠、难以效法的精神气味，才见功力。

——郑明娳

一 束 玫 瑰 花

聂 华 苓

松江路一二四巷三号，是我在台北的家。当时的松江路只有两三条小巷，在空荡荡的田野中……地方偏僻，交通不便，三房一厅的房子，只有殷海光一个人住。谁也不愿去沾惹他，人都说他古怪、孤僻、傲慢，一句话不投机，立刻拒人于千里之外。

殷海光抗战时在昆明的西南联大，是金岳霖的学生，非常佩服他老师的学养和为人。他十六岁时对逻辑学的心得，就得到金岳霖的重视，引用在他的著作中……

我拖着母亲弟弟妹妹从大陆到台湾，哪里还有选择住处的自由？一家人只有怀着凶吉不可测的心情，搬到松江路。

搬家那天，殷海光在园子里种花，跟我们打了个招呼，没有欢迎，也没有不欢迎的样子。但是，来日方长，和母亲所称的那个“怪物”挤在四堵灰色土墙内，是否能相安无事，不知道。

第二天早上，走出房来，桌上一束红艳艳的玫瑰花！殷海光园子里的玫瑰花！他摘下送给我母亲。空空洞洞的屋子，窗前放了一束玫瑰花，立刻有了喜气。那是我们台湾生活中第一束花。

我对母亲说："莫担心，殷海光是爱花的人。"

母亲说："我才不怕他！"

就从那一束玫瑰花开始，殷海光成了我家三代人的朋友。他在我家搭伙。我们喜欢吃硬饭和辣椒，他一颗颗饭往嘴里挑，不沾辣菜，尤其痛恨酱油。但他从没说什么。后来母亲发现他有胃病，问他为什么不早说呢？他说："人对人的要求，就像银行存款，要求一次，就少一点。不要求人，不动存款，你永远是富人。"

母亲把饭煮得软软的，辣椒酱油也不用了。殷海光仍然有一搭没一搭地吃着。他和我们一起吃饭，好像只是为了谈话：谈美、谈爱情、谈婚姻、谈中国人的问题、谈未来的世界、谈昆明的学生生活、谈他景仰的老师金岳霖。有时候，在黑夜无边的寂静中，他从外面回来，只听见他沉沉的脚步声，然后咔嚓一下关房门的声音。不一会儿，他就端着奶色的瓷杯，一步步走来，走到我们房门口："我——我可不可以进来坐一坐？"母亲看到殷海光总是很高兴的，招呼他坐在我家唯一的藤椅上。他浅浅啜着咖啡（咖啡也是西化吧），也许一句话也不说，坐一会儿就走了。也许又娓娓谈起来。他说话的声调随情绪而变化，有时如长江大河，一泻千里，有时又如春风，徐徐吹来。

他谈到昆明的天：很蓝，很美，飘着云。昆明有高原的爽朗和北方的朴实。驼铃从苍苍茫茫的天边荡来，赶骆驼的人脸上带着笑。我们刚从北平搬到昆明，上一代的文化和精神遗产还没有受到损伤，战争也还没有伤到人的元气。人和人之间交流着一种精神和情感，叫人非常舒畅。

我有时候坐在湖边思考，偶尔有一对情侣走过去，我就想着未来美好的世界。月亮出来了，我沿着湖散步，一个人走到天亮。下雪了，我赤背袒胸，一个人站在旷野里，雪花飘在身上。他也常常感时伤事：现在的人，大致可分三种：一种是粪坑里的蛆，一天到晚逐臭地活着。一种是失掉人性的躯壳，只是本能地生存着，没有笑，没有泪，没有爱，也没有恨。还有一种人生活在精神境界里，用毅力和信心保护自己。物质的世界是狭小的，充满欺诈和各种利害冲突。只有在精神世界里，才能开拓无限乐土，自由自在，与世无争。

殷海光说西方文化的好处之一是线条清楚，不讲面子。他向我家借三块钱，收到稿费，必定郑重其事双手奉还。我家向他借三块钱，他就会问："几时还？下星期三我要买书。"母亲说："星期二一定还。"他才借给我们三块钱，否则，下次休想再借。有朋友就那样子碰过一鼻子灰。

他又说西方文化另一好处是人有科学头脑，讲究分析。他论事论人，锋利冷酷，一层一层剥开来分析。因为没有恶意，所以不伤人。有天晚上，他和几个朋友在我家聊天。他兴致来了，把在座的牛鬼蛇神全分析出来了，讲了一个通宵。他指着一个人的鼻子，斩钉截铁地下了一句结论："你是一团泥巴！"那团泥巴哭丧脸跟着我们哈哈大笑。

你批评他？也可以，只要你有道理。母亲常常指点他说："殷先生呀，你实在不通人情！"他仰天大笑。有一天，母亲向他借一个多余的空玻璃瓶，他绷着脸，煞有介事地："不借！"我冲口而出："实在可恶！"他哈哈大笑。我回头说："我在说你呀！"他又大笑一声，咚的一下把门关上了。

他住在松江路时，还没结婚。夏君璐在台湾大学农学院读书，灵秀淡雅，坚定的侧影，两条乌黑的辫子，一身清新气息。他们在大陆时已订婚，她常在周末来看殷海光。只要她在座，他总是微笑着，很满足，很严肃——爱情就是那个样子嘛，他准会那么说。当然，没人和他谈过这件事。那是他生活中最神圣、最隐秘的一面，而且，西方文化，要尊重人的私生活嘛。当时我只是暗自好笑：殷海光在夏君璐面前就老实了。多年以后，我才了解：他年轻妻子坚如磐石的爱心，忍受苦难的精神力量，早在她少女时代，就把殷海光怔住了。日后他在台湾长期受迫害的生活中，她是他精神世界主要的支柱，是唯一帮助他在狭小的空间开辟无限乐土的人，将幽禁殷海光的温州街小木屋神化为他梦想的大庄园。她是一位了不起的女子。

殷海光谈到他梦想的庄园，眼睛就笑亮了："我有个想法，你们一定喜欢。我梦想有一天，世界上有一个特别的村子，住在那儿的人全是文学家、艺术家、哲学家。我当然是哲学家啰！"殷海光哈哈大笑，继续说："我的职业呢？是花匠，专门种高贵的花。那个村子里，谁买到我的花，就是最高的荣誉。我真想发财！"他哈哈大笑。殷海光想发财！只因为有了钱才造得起一个庄园呀！大得可以供我散步一小时。庄园边上环绕密密的竹林和松林，隔住人的噪音。庄园里还有个图书馆，专存逻辑分析的书籍。凡是有我赠送的借书卡的人，都可以进去自由阅读。但是，这样的人不能超过二十个，人再多就受不了了。他皱皱眉头。

母亲说："我们搬来的时候，还怕你不欢迎呢！"

"你们这一家，我还可以忍受。"他调侃地笑笑，"换另一家人就不保险了。"

"你们没搬来以前，我有一只小白猫。我在园子里种花，它就蹲在石阶上晒太阳。我看书，它就趴在我手臂上睡觉。我不忍惊动它，动也不敢动，就让它睡下去。无论怎么穷，我一定要买几两小鱼，冲一杯牛奶喂它。后来，小猫不见了。我难过了好久。现在又有这只小猫了！”他微笑着撩起薇薇搭在眼睑上的一抹头发，思索了一会儿。“人真是很奇怪的动物，像刺猬一样，太远，很冷，太近，又刺人。在我那庄园上，我还要修几栋小房子，不能离得太近，愈远愈好。那几栋小房子，我送给朋友们。”

“送不送我们一栋？”我笑着问，“竹林边上那一栋，怎么样？你和夏小姐每天下午散步来我们家喝咖啡，麦克斯韦尔咖啡，你的咖啡。”

“好！就是竹林边上那一栋！”

殷海光在园子里种花，母亲就带着薇薇和蓝蓝坐在台阶上和他聊天。他的花特别娇嫩。夏天，他用草席为花树搭起凉棚。风雨欲来，他将花一盆盆搬到房中。八个榻榻米的一间房，是书房，卧房，起坐间，储藏室，也是雨天的花房！他有时也邀我们雨天赏花。否则，非请莫入。一走进他的房间，就看见窗下一张气宇轩昂的大玻璃书桌，最底下的一个抽屉不知到哪儿去了，露出一个寒酸的大黑洞。桌上一小盆素兰，一个粉红小碟盛着玲珑小贝壳。书桌旁一张整洁的行军床。靠墙两张旧沙发，中间一张小茶几，茶几上或是一盆珠兰，或是一瓶素菊。沙发旁的小架子上，一个淡柠檬黄花瓶，永远有一大束丰姿绰约的鲜花，从他园子里采来的。靠墙一排书架，稳稳排列着一部部深厚色调的精装书。除了几部与文学有关和普通理论书籍之外，其他的书对我而言，都是天书，七古八怪的符号，作者是什么 Whitehead 呀，Quine[①] 呀，那些书是绝不

---

① 前者应是指怀特海（1861-1947），英国哲学家、数学家，全名 Alfred North Whitehead；后者应是指美国哲学家、逻辑学家奎因（1908-2000），全名 Willard Van Orman Quine。

借人的。书和花就是他的命。那几件家具呢？发了财，劈成柴火烧掉！他讲的时候的确很生气。

殷海光每天早上到巷口小铺喝豆浆。

“聂伯母，没有早点钱了。明天拿了稿费一定还。”他向我母亲借钱。

母亲笑了：“殷先生呀，下次有了稿费，在你荷包里留不住，就交给我保管吧，不要再买书买花了。”

他接过钱，自顾自说：“书和花，应该是作为一个人应该有的起码享受。”愤愤不平地咚咚走开了。

他除了去台湾大学教课之外，很少外出。假若突然不见了，你一定会看到他捧着一束鲜花，挟着一本本硬邦邦的新书，提着一包包沙利文小点心，坐在旧三轮车上，从巷口轻松荡来，笑眯眯走进斑驳的绿色木门。

“殷先生，你又拿到稿费啦！”母亲劈头一声大叫，仿佛抓着了逃学的孩子。

“记不记得？今天早上你还没有早点钱！”

他仰天大笑，快活得像个孩子。进了屋，赎罪似的，请我们三代人到他房里去喝咖啡吃点心。两张旧沙发必定让给母亲和我坐。尊重妇女嘛，西方文化。薇薇在房门口脱下鞋子说：“罗素的小朋友也赤脚。”殷海光大笑一声，塞一块小可可饼在她嘴里，抱起她直叫：“乖儿子。”蓝蓝坐在我身上等着吃点心。

他嫌她太安静了，对她大叫一声：“木瓜！”她哇一声哭起来，他就塞一块小椰子饼在她嘴里。他咚咚走出走进，在厨房熬麦克斯韦尔咖啡。一直到现在，我还认为麦克斯韦尔是世界上顶香的咖啡。

花香，书香，咖啡香，再加上微雨黄昏后，就是说罗素的时候了。罗素可不是随随便便谈的。天时，地利，人和，都得配合才行。有天晚上，殷海光拿来《罗素画传》给我们看。他正要将书递给我，突然来了一位不速之客。他连忙将书从我手里抢了过去，目不旁视，绷着脸走了出去。

现在，时候到了，气氛有了。我，母亲，一个小孩，哪懂罗素？没关系。罗素不在乎，殷海光也不在乎。人能通就行。他常用那个通字来形容人与人之间的关系。他从书架上捧下罗素的书，还有《罗素画传》。画传可真是好看。石砌的矮墙，墙外野草深深，翳翳松影里，一幢古朴小屋，那就是罗素在菲斯亭尼俄谷的夏天别墅。石板路，几片落叶，深沉的庭院中，蹲着小小的罗素和狗。草地上，罗素望着骑驴子的小孩。白花花的阳光，罗素拿着烟斗，站在石阶前，望着妻子怀里的孩子。罗素夫人倚窗沉思，恬静智慧的眼睛望着窗外，仿佛她随时要推开窗子飞出去。

“你把书带回去看吧。”殷海光慷慨地说，“这本书可不是随便借人的啊——”那长长一声扬起的啊就表示兹事体大。

殷海光的朋友不多，到松江路来访的多半是他的得意门生。夏道平和刘世超有时在傍晚从和平东路散步到松江路来看他。他不一定请客入室。有的人连大门也没进，只是靠着野草蔓生的大门，三言两语，一阵哈哈，拂袖而去。有的朋友就站在园子里，看他将平日存下的臭罐头、酸牛奶、烂水果皮埋在花树下，一面和他谈话。他有时和客人坐在台阶上，一人捧一个烤红薯，谈逻辑，谈数学，谈罗素，谈最近在外国逻辑杂志上发表的论文。偶尔他也请客入室，席地而坐，一小壶咖啡，一小盘沙利文点心。那样的场合，多半是谈更严肃的学术、思想问题。

我刚在中央大学毕业，到台湾后开始写作。殷海光是第一个鼓励我的人。一九五二年，胡适第一次从美国到台湾，雷震先生要我去机场献花，我拒绝了，殷海光拍桌大叫：“好！你怎么可以去给胡适献花！你将来要成作家的呀！”我倒不是因为要成作家才不去给胡适献花，只是因为腼腆不喜公开露面。殷海光那一声好叫得我一惊。

“你当然可成作家！”他望着我抱着的婴儿薇薇：“尿布里可出不了作家呀！”他笑着指点我：“你是个聪明女子，写下去呀！”他顿了一下，望着我说：“嗯，一江春水向东流。”说完仰天大笑，头一扭，转身走了。我那时穷得连一支自来水笔也买不起，用的是蘸水钢笔。一天，殷海光领到稿费，买了一支派克钢笔，给我母亲看。

她笑了：“殷先生，你这个人呀！原来那支笔不是好好的吗？你裤子破了，袜子破了，早就应该丢进垃圾堆了！眼巴巴望来的一点稿费，又买支笔！”

“旧笔，可以送人嘛。”他走回房拿出旧派克，结结巴巴对我说：“这——这支笔，要不要？旧是旧，我可写了几本书了。你拿去写作吧。”

我感动得连声说：“我就需要这样一支笔！我就需要这样一支笔！”

第二天晚饭后，他在我们房中走来走去，坐立不安，终于吞吞吐吐对我说：

“有件事和你商量一下，可以吗？”

我以为他要我帮忙解决什么难题，问他：“什么事？”

“可不可以，可不可以，把你的笔和我的笔交换一下？”

我大笑：“两支笔全是你的呀！”

“不，给了你，就是你的。再要回来，不礼貌。我，我，还是喜欢那支旧笔。我用了好多年了。”

我把旧笔还给他。

谢谢！他那郑重口吻，倒像是我送了他一件极珍贵的礼物。

一九四九年四月，我和正路终于从北京到了武汉，又带着母亲弟妹从武汉去广州。在粤汉铁路工作的好友李一心和刘光远夫妇决定不走，将他们粤汉铁路眷属的火车票送给我们。那是从武汉去广州的最后一班火车。仓促收拾行装，抓头不是尾，竟抓了几个枕头和衣架，抓了唯一有价值的是爷爷的宝贝——朱熹写的《游昼寒诗》。古色古香的金黄缎子书套，紫檀木夹板，刻着“朱文正公遗迹”。黄色纸地，白绢镶边，朱熹龙飞凤舞写着：

仙洲几千仞，下有云一谷。道人何年来，借地结茅屋。
想应厌尘网，寄此媚幽独。架亭俯清湍，开径玩飞瀑。
交游得名胜，还往有篇牍。杖屦或鼎来，共此岩下宿。
夜灯照奇语，晓策散游目。茗碗共甘寒，兰皋荐清馥。
至今壁间字，来者必三读。再拜仰高山，悚然心神肃。
我生虽已后，久此寄斋粥。孤兴屡呻吟，群游几追逐。
十年落尘土，尚幸不复远。新凉有佳期，几日戒征轴。
霄兴出门去，急雨遍原陆。入谷尚轻埃，解装已银竹。
虚空一瞻望，远思翻蹙恧。袒跣亟跻攀，冠巾如膏沐。
云泉增旧观，怒响震寒木。深寻得新赏，一蒉今再覆。
同来况才彦，行酒屡更仆。从容出妙句，珠贝烂盈　。
后生更亹亹，峻语非碌碌。吾缨不复洗，已失尘万斛。
所恨老无奇，千毫真浪秃。

一九五四年，殷海光去哈佛大学做访问学者。我和母亲突然想到我家的爷爷的宝贝。母亲将宝贝拿出摆在桌上，又将殷海光请到我们房中。

“殷先生，嗯——”母亲笑了一下，不知如何启口。“有件事，请你帮个忙。可不可以？”

“那要看是什么事。”

“有一幅朱熹写的字，我们老太爷当宝贝，看一次就叫一声：‘好呀！’摇头晃脑大声吟起来。聂家只剩下这一件家当了。也是太穷了。人总不能端着金碗当叫花子吧。”

殷海光逐渐有了笑意。“聂伯母，你要我带到美国去卖掉？”

“对。卖的钱，你得十分之一。”我连忙说，“线条清楚！”我套用一句殷海光的口头禅。“朱熹的真迹呀！你看这诗，书法，装帧，不仅有学术研究价值，还是件艺术品呀。”

“请问。”殷海光冷静地说，“你能断定这是朱熹的真迹吗？”

“哎呀，喏！上面还有历代收藏家鉴印和评语。真德秀评：考亭夫子书宗魏晋，雄秀独超，自非国朝四家所可企及。周伯琦评：道义精华之气浑浑灏灏自理窟中流出。还有，还有！入首数行。骨在肉中，趣在法外，中间鼓舞飞动，终篇则如花散朗，如石沉着。”

甲子岁暮以事玉燕。购于张文传先生，如获连城。
题后数言，秘之箧笥，不肯使墨林俗子一见也。

“这两行是我爷爷写的呀！你再看看这些不同时代的鉴印。深深浅浅的印色，有的已经模糊了，有的还清楚。这些会是假的吗？”

殷海光似信非信地点点头。“好吧，我带去，要人先鉴定一下。哈佛东方研究所一定有人懂得这些玩意儿。”

他去美国以后，我和母亲天天焦灼地盼望他的来信。他第一封信说已将宝贝请哈佛东方研究所一位教授鉴定去了，并说他们很感兴趣。我们一家人非常高兴，各做各的发财梦。我的梦是游手好闲，读书，写作，潇潇洒洒过日子。台湾邮差每天早晚送信两次，我和母亲每天就紧张两次。邮差自行车在门前咔嚓一声停下，将信扔进信箱，我和母亲就跑出去抢着开信箱。好不容易盼到殷海光第二封信，是两个月以后的事了。

聂伯母：

前信已提及宝贝由哈佛大学东方研究所的教授鉴定去了。这些日子我等得好不心焦，但又不便表示焦灼的样子。别人怎了解这件宝贝兹事体大，不但府上每人寄予无限热望与梦想，就是我这个外人也可分享十分之一的利益，将来返台靠此结婚成家呢！今晨我去看那位教授，他把宝贝拿了出来，半晌微笑不语。我耐着性子问：怎么样？他吞吞吐吐，只是说：这个——嗯——这个——又把头摇几下。我立刻心里一怔，心想：糟了。我脱口而出：假的？他点点头，于是乎拿出考证的卡片。今一并附上。别人是用科学方法鉴定，万无一失。聂伯母，如果您老不甘心，还要拿到日本去鉴定，也未尝不可。不过，基于道义的理由，我要就便告诉您老：日本的汉学水平一定不比美国的哈佛差。万一又考证出正身，再赔掉好几块美金的邮资，可就损失更大了。你们一定很伤心。我当时也很伤心。但现在想起来令人失笑。我抱着宝贝回来时，天正下着大雨，我在雨地行军，宝贝似乎愈来愈重，而雨愈下愈大。回来啊！呢帽变成水帽，重约数磅；鞋子成了水袋，咯吱咯吱；大衣也湿透了。我赶快全脱下，放在热水汀上烘烤。而人呢？坐在沙发上，好不惨然，心想：这辈子要做王老五了。我又怕因此受寒生病，因波士顿比北平还冷。美国医院特贵，倘若生病，我岂不要损失惨重！后来赶快用热水大洗一顿。还好，没有出毛病。哎，多么可悲又可笑的人生！不过，不管天翻地覆，我们总得活下去，不能再盼望奇迹了。宝贝由台来美，一路使我紧张万分。现在我得请它阁下先行返台，今已付邮寄上。包裹单“价值”一项，我填的是“无价之宝”。

殷海光和我母亲之间有一份动人的感情。一九五二年春，弟弟汉仲在嘉义飞行失事。我接到消息，忍住悲痛，瞒着母亲。总有一天灵敏的母亲会发现汉仲完了。殷海光就为她做心理准备工作。每天黄昏，必定邀她出去散步。那时的松江路四周还是青青的田野，他们一面散步，一面聊天。谈生死哀乐，谈战乱，谈生活琐事，谈宗教——殷海光那时并不信教（他信奉宗教，还是多年以后，他去世以前的事。大概是受了他夫人夏君璐的感召）。这一类的谈话，都只为了要在母亲精神和心理上加一道防线，防御终归来临的丧子之痛。日日黄昏，他就那样子充满耐心和爱心看护了我母亲六个月！

他和夏君璐结婚之后，一九五六年，他们搬到温州街台大的房子，两家就很少见面了。我和母亲带着两个孩子去看过他们。殷海光正在园子里挖池子，造假山，要把一个荒芜的小园子造成假想的大庄园。他有了一个幸福的家，看起来很恬静。但他那沉思的眼睛仍然透露了他忧郁的心情。

一九六〇年，雷震先生等四人被捕，《自由中国》被封。我住屋附近总有人来回徘徊。警总借口查户口，深夜搜查我家好几次。据说殷海光本来也在被捕的名单上，警总动手抓人的前一刻，才把他名字取消了。当时我们并不知道。我和母亲非常担心他的安全。每天早上，一打开报纸，就看有没有殷海光的名字。没料到他和夏道平、宋文明突然在报上发表公开声明，宣称他们在《自由中国》注销的文章自负文责。殷海光写的许多篇社论几乎都是雷案中“鼓动暴动”“动摇人心”的文章。我们也听说殷宅附近日夜有人监视。一直到胡适由美返台前夕，《自由中国》劫后余生的几个编辑委员才见面。那时雷先生已判刑，以莫须有的“煽动叛乱罪”判决有期徒刑十年，大家见面，欲哭无泪，沉痛，绝望。殷海光紧锁眉头，一句话也没说。有人提议去看胡适，他只是沉沉摇几下头，也没说话。大家要探听胡适对雷案究竟是什么态度，一起去南港看胡适。殷海光也去了，仍然不说话。胡适闲闲地微笑，模棱两可的谈吐，反衬出殷海光作为一个中国知识分子的深沉悲哀。

一九六二年夏天，母亲因患肺癌住进台大医院。《自由中国》于一九六〇年被封以后，殷海光两年没上街了。

一天下午，母亲房门口突然沉沉一声：“聂——伯——母——。”

竟是殷海光站在那儿！他的头发全白了。母亲看到他，焦黄的脸笑开了。他坐在床前椅子上，两眼全神盯着母亲，没说一句话，勉强微笑着。

母亲非常激动，但已无力表达任何情绪了，只是微笑着拍拍他的手说：“你来了，我很高兴。我会好的。我好了，一定请你们全家到松江路来吃饭。不要酱油，不要辣椒。”

“好。”他勉强笑了一下。

他就坐在那儿望着母亲，仿佛不知道如何应付苦斗一辈子、热望活下去、不得不撒手的我的母亲。

“聂伯母，我，我，我得走了。”他笨拙地站起身，站在床前，盯着两眼望着她，望那最后一眼。“聂——伯——母，好——好——保——重。”一个字、一个字说出，沉甸甸地。

我送他走到医院大门口。

“好久没上街了，上街有些惶惶的。”他对我说。

“你知道怎么回家吗？”我问。

“我想我知道吧。”他自嘲地笑笑，低头沉默了一下。“唉，聂伯母，唉。我再来看她。”

“你来看她，对她很重要。但是，请不要再来了。”

“来看聂伯母，对我也很重要。”

殷海光在一九六〇年雷案发生以后，不断受到特务骚扰，后来特务竟明目张胆到他家里去，精神折磨得他拍桌大吼：“你们要抓人，枪毙人，我殷海光在这儿！”

他于一九四九年一到台湾就应傅斯年校长之聘，在台湾大学哲学系教课，非常受学生爱戴，一九六七年，被禁止教课，幽禁在特务的监视下。

殷海光一生不断地探索，焦虑地思索，思想道路不断地演变。他崇尚西方文化，但在多年以后，他开始对中国传统文化重新估价，逐渐承认传统的价值了。在他生命的最后一刻，他断断续续地说：“中国文化不是进化而是演化，是在患难中的积累，积累得异样深厚。我现在才发现，我对中国文化的热爱。希望再活十五年，为中国文化尽力。”

一九六九年九月十六日，殷海光终于放下文化的重担，撒手长逝了，只有五十岁。

导读

聂华苓，祖籍湖北应山县，一九二五年生。一九四九年来台定居并从事创作，曾任《自由中国》文艺版主编，后因《自由中国》遭国民党停刊离台赴美。其后与其夫婿保罗·安格尔（Paul Engle）在美国爱荷华大学主持“国际写作计划”，广邀世界各国作家赴美访问，对国际文学交流做出很大贡献。著有长篇小说《失去的金铃子》《桑青与桃红》《千山外，水长流》等，散文集《黑色、黑色、最美丽的颜色》《三生三世》等。

聂华苓以小说闻名，她的长篇小说《失去的金铃子》《桑青与桃红》都受到文坛推重，论者认为她能以冷静细致的笔调写出人性的纠葛复杂，因而使得她的作品具有相当高的艺术价值与可读性。她的散文在这个基调上也表现了她以人为出发点，力图超越地域、文化、政治的创作理念，尤其是在散文集《三生三世》中，她以流利顺畅且带感情的文学之笔写故园、青年时期暂寓的台湾、中年至今落脚的美国等三个人生阶段，生动地勾勒曲折动人的一生，将个人记忆寄于大年代的集体记忆之间，留下人与时代相映的倒影，有传记的翔实，有文学的细致，非一般自传（或回忆录）所能及。

《一束玫瑰花》书写作者对《自由中国》半月刊主笔、自由主义思想家殷海光的追忆，聂华苓以“一束玫瑰花”总绾本文，叙述她当年和殷海光认识、共事的种种因缘，在娓娓细述中，以诗人一般的敏锐感应和玫瑰意象，深刻描绘出一代思想家的如花的亮丽、如刺的耿直，读来令人动容。

——向阳

第三章　有趣生活

生活无非是希望为过往的时间留下些什么，觉得活着，那样就好，就值得高兴。

谈酒

台静农

不记得什么时候同一友人谈到青岛有种苦老酒，而他这次竟从青岛带了两瓶来，立时打开一尝，果真是隔了很久而未忘却的味儿。我是爱酒的，虽喝过许多地方不同的酒，却写不出酒谱，因为我非知味者，有如我之爱茶，也不过因为喝不惯白开水的缘故而已。我于这苦老酒却是喜欢的，但只能说是喜欢。普通的酒味不外辣和甜，这酒却是焦苦味，而亦不失其应有的甜与辣味；普通酒的颜色是白或黄或红，而这酒却是黑色，像中药水似的。原来青岛有一种叫作老酒的，颜色深黄，略似绍兴花雕。某年一家大酒坊，年终因酿酒的高粱预备少了，不足供应平日的主顾，仓促中拿已经酿过了的高粱，锅上重炒，再行酿出，结果，大家都以为比平常的酒还好，因其焦苦和黑色，故叫作苦老酒。这究竟算得苦老酒的发明史与否，不能确定，我不过这样听来的。可是中国民间的科学方法，本来就有些不规范，例如贵州茅台的酒，原是山西汾酒的酿法，结果其芳冽与回味，竟大异于汾酒。

济南有种兰陵酒，号称中国的白兰地，济宁又有一种金波酒，也是山东的名酒之一，苦老酒与这两种酒比，自然无其名贵，但我所喜欢的还是苦老酒，可也不因为它的苦味与黑色，而是喜欢它的乡土风味。即如它的色与味，就十足地代表它的乡土风，不像所有的出口货，随时在叫人“你看我这才是好货色”的神情；同时我又因它对青岛的怀想，却又不是游子忽然见到故乡的物事的怀想，因为我没有这种资格，有资格的朋友于酒又无兴趣，偏说这酒有什么好喝？我仅能借此怀想昔年在青岛作客时的光景：不见汽车的街上，已经开设了不只一代的小酒楼，虽然一切设备简陋，却不是一点名气都没有，楼上灯火明蒙，水汽昏然，照着各人面前酒碗里浓黑的酒，虽然外面的东北风带了哨子，我们都是酒酣耳热的。现在怀想，不免有点怅惘，但是当时若果喝的是花雕或白干一类的酒，则这一点怅惘也不会有的了。

说起乡土风的酒，想到在四川白沙时曾经喝过的一种叫作杂酒的，这酒是将高粱等原料装在瓦罐里，用纸密封，再涂上石灰，待其发酵成酒。宴会时，酒罐置席旁茶几上，罐下设微火，罐中植一笔管粗的竹筒，客更次离席走三五步，俯下身子，就竹筒吸饮，时时注以白开水，水浸罐底，即变成酒，故竹筒必伸入罐底。据说这种酒是民间专待新姑爷用的，一九三九年秋我初到白沙时，还看见酒店里一罐一罐堆着——却不知其为酒，后来我喝到这酒时，市上早已不见有卖的了，想这以后即使是新姑爷也喝不着了。

杂酒的味儿，并不在苦老酒之下，而杂酒且富有原始味。一则它没有颜色可以辨别，再则大家共吸一竹筒，不若分饮为佳——如某夫人所说，有次她刚吸上来，忽又落下去，因想别人也免不了如此，从此她再不愿喝杂酒了。据白沙友人说，杂酒并非当地土酿，而是苗人传来的，大概是的。李宗昉的《黔记》云：“咂酒一名重阳酒，以九日贮米于瓮而成，他日味劣，以草塞瓶头，临饮注水平口，以通节小竹插草内吸之，视水容若干征饮量，苗人富者以多酿此为胜”；是杂酒之名，当系咂酒之误，而重阳酒一名尤为可喜，以易引人联想，九月天气，风高气爽，正好喝酒，不关昔人风雅也。又陆次云《峒溪纤志》云：“咂酒一名约藤酒，以米杂草子为之，以火酿成，不刍不酢，以藤吸取，多有以鼻饮者，谓由鼻入喉，更有异趣”。此又名约藤酒者，以藤吸引之故，似没有别的意思。

据上面所引，所谓杂酒者，无疑是苗人的土酿了，却又不然。《星槎胜览》卷一《占城国》云：“鱼不腐烂不食，酿不生蛆不为美酒，以米拌药丸和入瓮中，封固如法，收藏日久，其糟生蛆为佳酝。他日开封用长节竹干三四尺者，插入糟瓮中，或团坐五人，量人入水多寡，轮次吸竹，引酒入口，吸尽再入水，若无味则止，有味留封再用”。《星槎胜览》作者费信，明永乐七年随郑和王景宏下西洋者，据云到占城时，正是当年十二月，胜览所记，应是实录。

占城在今之安南，亦称占婆，马氏 Georges Mespero 的《占婆史》，考证占城史事甚详，独于占城的酿酒法，不甚了了。仅据《宋史诸蕃志》云：“不知酝酿之法，止饮椰子酒”，此外引《新旧唐志》云：“槟榔汁为酒”云云，马氏且加按语云；“今日越南本岛居民，未闻有以槟榔酿酒之事”，这样看来，马氏为《占婆史》时，似未参考胜览也。本来考订史事，谈何容易，即如现在我们想知道一种土酒的来源，就不免生出纠葛来，一时不能断定它的来源，只能说它是西南半开化民族一种普通酿酒法，而且在五百年前就有了。

伤逝

台静农

今年（一九八六）四月二日是大千居士逝世三周年祭，虽然三年了，而昔日燕谈，依稀还在目前。他最后一次入医院的前几天的下午，我去摩耶精舍，门者告诉我他在楼上，我就直接上了楼，他看见我，非常高兴，放下笔来，我即刻阻止他说：“不要起身，我看你作画。”随着我就在画案前坐下。

案上有十来幅都只画了一半，等待“加工”，眼前是一小幅石榴，枝叶果实，或点或染，竟费了一小时的时间才完成。第二张画什么呢？有一幅未完成的梅花，我说就是这一幅吧，我看你如何下笔，也好学呢。他笑了笑说：“你的梅花好啊。”其实我学写梅，是早年的事，不过以此消磨时光而已，近些年来已不再有兴趣了。但每当他的生日，不论好坏，总画一小幅送他，这不是不自量，而是借此表达一点心意，他也欣然。最后的一次生日，画了一幅繁枝，求简不得，只有多打圈圈了。他说：“这是冬心啊。”他总是这样鼓励我。

话又说回来了，这天整个下午没有其他客人，他将那幅梅花完成后也就停下来了。相对谈天，直到下楼吃晚饭。平常吃饭，是不招待酒的，今天意外，不特要八嫂拿白兰地给我喝，并且还要八嫂调制的果子酒，他也要喝，他甚赞美那果子酒好吃，于是我同他对饮了一杯。当时显得十分高兴，作画的疲劳也没有了，不觉得话也多起来了。

回家的路上我在想，他毕竟老了，看他作画的情形，便令人伤感。犹一九四八年大概在春夏之交，我陪他去台北故宫博物院，博物院的同人对这位大师来临，皆大欢喜，庄慕陵兄更加高兴与忙碌。而大千看画的神速，也使我吃惊，每一幅作品刚一解开，随即卷起，只一过目而已，事后我问他何以如此之快，他说这些名迹，原是熟悉的，这次来看，如同访问老友一样。当然也有在我心目中某一幅某些地方有些模糊了，再来证实一下。

晚饭后，他对台北故宫的朋友说，每人送一幅画。当场挥洒，不到子夜，一气画了近二十幅，虽皆是小幅，而不暇构思，着墨成趣，且边运笔边说话，时又杂以诙谐，当时的豪情，已非今日所能想象。所幸他兴致好并不颓唐，今晚看我吃酒，他也要吃酒，犹是少年人的心情，没想到这样不同寻常的兴致，竟是我们最后一次的晚餐。数日后，我去医院，仅能在加护病房见了一面，虽然一息尚存，相对已成隔世，生命便是这样的无情。

摩耶精舍与庄慕陵兄的洞天山堂，相距不过一里，若没有小山坡及树木遮掩，两家的屋顶都可以看见的。慕陵初闻大千要卜居于外双溪，异常高兴，多年友好，难得结邻，如陶公与素心友“乐与数晨夕”，也是晚年快事。大千住进了摩耶精舍，慕陵送给大千一尊大石，不是案头清供，而是放在庭园里的，好像是“反经石”之类，重有两百来斤呢。

可悲的，他们两人相聚时间并不多，因为慕陵精神开始衰惫，终至一病不起。

他们最后的相晤，还是在“荣民”医院里，大千原是常出入于医院的，慕陵却一去不返了。我去外双溪时，若是先到慕陵家，那一定在摩耶精舍晚饭。若是由摩耶精舍到洞天山堂，慕陵一定要我留下同他吃酒。其实酒甚不利他的病体，而且他也不能饮了，可是饭桌前还得放一杯掺了白开水的酒，他这杯淡酒，也不是为了我，却因结习难除，表示一点酒人的倔强，听他家人说，日常吃饭就是这样的。

后来病情加重，已不能起床，我到楼上卧房看他时，他还要若侠夫人下楼拿杯酒来，有时若侠夫人不在，他要我下楼自己找酒。我们平常都没有饭前酒的习惯，而慕陵要我这样的，或许以为他既没有精神谈话，让我一人枯坐着，不如喝杯酒。当我一杯在手，对着卧榻上的老友，分明死生之间，却也没生命奄忽之感。或者人当无可奈何之时，感情会一时麻木的。

导读

台静农，安徽霍邱人，一九〇二年生，一九九〇年逝世。北京大学国学研究所出身，曾任教山东大学、厦门大学等处，一九四六年来台，任台大中文系教授兼系主任多年，建立笃实自由的学风，培养许多杰出的文学创作与研究人才。从二十世纪二十年代起即开始文学创作生涯，出版过小说集《地之子》《建塔者》，评论集《关于鲁迅及其著作》。三十年代中期以后，逐渐转向古典文学研究。来台后，偶尔发表小品、杂文，《龙坡杂文》是代表之作。可以说，前期他是作家兼学者，后期则是学者兼作家。

和文学一样，他在篆刻、绘画、书法等艺术方面也有精深的造诣，意境高雅，自成一家。严谨的治学风格，宽广的艺术趣味，加上淡于名利、真诚温暖的人格精神，透过一篇篇记述人物交游、文友书序、诗话、读书随笔的文章，充分体现出一位纯正文化人的高尚质量与可贵情操，评论者就指出，他的散文“温柔敦厚中带有知识分子的狷介”。文字精练醇美，带点涩味，接近周作人笔调，他的《谈酒》《伤逝》，淡淡写来，感触却深，名士风范，有种达观的自得。他卜居台北龙坡里温州街四十年，却只得一册《龙坡杂文》，但量少质精，底蕴丰厚，允为学者文化散文的典范之作。

——张堂锜

狗

陈 冠 学

男人的生命角隅里似乎天生就摆着一个公狗窝，一如他的屋子里摆着一张供女人睡的床一般。坐在屋檐下，脚边伏着一只公狗，忠心的，朋友似的，兄弟似的，这么一个异形体的盟伴。它或者伸伸火焰似的舌头朝他吐吐气，或者翻起眼睑来看他一两眼。走起路来，二者如影随形，两个心灵永远那样贴近，预备随时并肩协力，却是全用不着言语。这是生物界稀有的奇特景观之一，两个异类生命套在同一个框子里。

因为这个生命框子，便不难理解，有人口处就有狗；即连科技渗透一切的现代大都会，看似全无容狗功能处，而狗依然跟随都市人口生长。男人生命内里确是自始就带着这样一个异形体的兄弟或盟友，为男人所不可或无。当然女人也不是不爱狗，女人是男人的一半，凡男人之所爱，她自然也有一半地爱着。不过女人总是将狗当宠物，因此她们真正喜爱的多半是小形体的狗种，这跟男人本性里那并肩协力的盟友爱是有些出入的。

平生只饲过一只公花狗，跟平生只养过一次猫一样，令我不时地热切怀念。看着别人带着一条狗走在路上，异常羡慕，过去自己带着公花狗一起走路的温馨、协力感便不期然地油然而生。人生，一段段地过去，无可奈何地过去了，即使有机会再饲一只狗养一次猫，年事已非往昔，过去绝非可以重演，触心将多于赏心，想想，还是算了，因此我不再饲养猫狗。说我是对猫狗一往情深也好；对人，反而少有这样情深的心境。人跟人之间，总是有遗憾，总不似人与物的融融无间。

虽不饲狗，却满目是狗。夜里不时可听见狗吠；蛰伏蜗居，白日里也不免有狗来访。听见一阵沙沙的枯叶声，那准是狗。走入果园，你哪里晓得有一只狗伏在枯枝堆后，贴着耳朵，尽窥伺着，好像它是小偷，正犯着罪行，生怕你发现了它，将它揪了出来似的。待你走近枯枝堆前，它委实急慌了，不得不不顾一切地蹦出来，一溜烟，向天之边地之角流蹿。你说它是什么样的狗呢？它，不折不扣是只魁梧雄伟的大公狗哩！然而它自知理亏，羞于见人；其实它只不过走进果园散一会儿步罢了。你说，它可爱不可爱？

有一对狗，都是公的，同是土黄色的皮毛，大的一只形体类似瑞士高山上的救生犬，称得是硕大；小的一只，其实体型比一般土狗还粗些，只是跟身长身围对比起来，腿脚显短些。这一对狗，一前一后，一只垂耳，一只竖耳，老是横着果园走过，一天要过十来回，永远循着一条固定的路线走，一步不差，日久居然走出一条结实的蹊来。徐仁修先生看见了，啧啧称奇，还拍了照。它们是哪一家的狗呢？来来去去，由这一头入，由那一头出，不知道到底在忙些什么？静静地在一旁观看，看久了仿佛觉得看见两个穿了登山服的探险家，正走向他们的征途，一前一后，还不停地在讨论着些什么。但它们一天往复走好几回，则又不像是探险家了。不管它们像什么，它们一从这一头或那一头出现，我就觉得它们两个仿佛是人类，我一直是这样感觉。这一对狗为什么老走这条路，我一直不解。而这一条路也只有它们两个走。但不论如何，我一看见它们，心里就感到愉快。它们是一对好友，没有第三者的一对好友。若有一天它们消失了，我定会怅惘不已。有时候我也会循着它们的蹊走一遭，蹊的两旁尽是草，我一向放纵果园里的草。我试着想象我也有一个好友，我们每天来来往往走出了一条小蹊，一前一后，边走边谈论着，那情景多么令人向往啊！不久前看见那只救生犬脖颈上套了项圈，还拖着一条铁链，很为它担忧，生怕它给卡在某处脱不得身。果不出所料，半个小时后，它们又从南边那一头进来了，在北边那一头，铁链就被挂住了，挂在铁蒺藜的刺尖上。那小的一只在前，竟未曾察觉，留下那只救生犬默默站在那里。若无人救它，它饿死前定会先渴死。我走了过去，它恐惧地朝我狂吠。花了约五分钟的时间，我用友善的声音让它安了心，然后解除了钩挂，它却依旧站在那里不走。心想直接解除它的项套才好，只是恐怕有几分冒险。我将铁链向前方丢了过去，它才晓得是解开了，望了我一眼，拖着链条向前走去。我颇为它担心，万一它在别处又被挂住了，怎么办？自那天以后，有半个月了，未再看见那一对狗，心里未免大大地狐疑着。它，生死未卜。希望是给它的主人拴住了才好。

谁能像老天那样兼容并包，无选择无好恶地接纳一切？世人也许没有。果园里前后来过两只癞透了的大猎狗，在先的是只母的，后来的是只公的。那公的引我厌恶的时间并不长，不久不知所终。那母的一只，令我厌恶到了极点。一个人不曾看见过癞透了皮的狗，便无法想象那恶人的情况。它遍身没一根毛，它那没有毛的皮看来仿佛是铅片打成的，到处是褶皱，是疙瘩，还发着恶臭，而且步伐踉踉跄跄，东倒西歪。敞棚里摆着四把蚶仔椅，那是家里接待客人的半露天客厅，每早起来，都看见它窝在椅子上睡，午间又来窝着午睡，每把椅子它都睡，一回睡一把，每次都掉下许多痂片，也有湿的卡在人造藤的夹缝里，窝囊之至。这条狗，叫我每天冲洗椅子不止一次。也有这样可厌的狗。后来我发誓要打杀它，向它大声吼叫，掷石头，它不见了，却是死在果园的另一头。

这条老癞皮母狗给了我大而持久的冲击。我是唯美主义者。唯美主义者说来是残酷的，唯美主义者一般都缺乏耐丑性；也就是说，唯美主义者对丑没有忍耐力。世人有谁能永远是年轻的、健康的？年轻健康且未必是美，何况是病态老态？唯美主义者对病人和老人，即使有爱心，能耐得多久呢？这实在是件可怕的事实。身为唯美主义者，处处遇见艰难。看见那只老癞皮母狗的第一眼，便感到莫名的厌恶。也曾经冷眼旁观，流露出怜悯，然而终是厌恶超过怜悯。近来，对自己也渐渐起了厌恶。人总不能蓬头垢面见人，早起梳洗，晓镜银丝，眼看着自己一天天的愈来愈老愈丑，禁不住厌嫌暗生，屈指距那老癞皮公狗的日子已不远，正不知将来会怎样对待自己？人生不应有丑有病有老，人可以在刹那间毁灭，不合受这凌迟。美人迟暮，对唯美主义者来说，这是人世最残酷的一项事实。那老癞皮公狗母狗，曾经年轻过，标致过，但愿是那时遇见！既已成了垃圾，不论在彼在此，是人是己，岂能不以垃圾处置之？

今年夏天里发现一只半癞皮狗，这半癞皮狗如今却令我喜。对于唯美主义者，这真是件不可思议的事。

那时天气委实热，到村里杂货店买东西，看见货架中间通道上磨了碎白石的地板上躺着一只半癞的狗，在那里纳凉。一阵厌恶，不由地踢了它一脚，那只半癞皮狗夹了尾巴溜了出去。这间店是一对母女开的，女儿来应门。我指给她看。这女儿轻松地回我赶它不走。我在心里自语：你幸而不是唯美主义者。其实唯美主义者并不是天生的，人格原是后天塑成的，你塑它什么主义便成什么主义。下一回去，又看见那只狗在那里，又踢了它一脚。后来那只狗一见我便自动溜出去。她们母女倒不甚介意。几个月过去了，一天，小学放学时间，这女儿的小孩子背着书包回家来，我刚走到街上，看见那只狗在半路上迎接他们小兄弟，一派的欢喜，跳上去，拦腰亲昵地咬着，多感人啊！我跟那位母亲谈那只狗。那母亲不住地赞美，说这狗多死忠，多漂亮，还扳起它的头来，“呐，你看，它这脸多秀啊！”其实，我一点儿也看不出它秀来，它终究是只半癞皮狗。“它是顶庄的弃狗。我下田它跟着我下田，挥也不走，赶也不走，打也不走。它身上发臭，讨厌死了。可是它就是死跟着我。我回家来，它也跟回家，待在家里，不出店门一步，绝对不出去跟庄里的狗玩耍。这是只好狗。既然它决心要做我们家的狗，它那样死忠，我们就收留了它，给它治虱。你看，现在它的癞皮都快好了。”母亲赞美了一阵子，女儿也过来赞美了一阵子。我发表了《田园之秋》，不少读者认我是高人。若我是高人，这一对母女该算是超人了。真真羡慕她们！然而所谓超人也者，不过就是个常人罢了。做高人易，做常人难。孔子在二千多年前一再感叹地说：“中庸之为德也至矣，民鲜能久矣。”中庸就是平常。人类自从进入文明，人人都想出人头地，没有人愿意做个寻常的人，这使得人世大乱。人人都是高人，常人不就成了超人了吗?

村子里有只黑狗，走起路来格外威风，遇见它是件愉快的事。它已不年轻，若按照人类的年龄来计算，约当六十耳顺的年纪，怪不得它老成持重。它的乌毛不只已失去光泽，看来还有尘味，而左右臀上因着岁月的磨蹭，各结着一片比十元钱镍币还大些的厚茧，竖耳翘尾，臀、尾毛蓬松而微长，显见得它不是纯种土狗。我坐在长板凳上候车，它沿着这一边的路旁，缓缓地、庄重地、威风地踱过来，竖耳翘尾，昂首直视，旁若无人，好不尊严。其实它的个子并不大，土狗的中下身材，而气概十足。它踱过去才十数步，又转了回来，依然是先前的姿态。来到我的前面时，我禁不住啧啧地唤它。它竟友善而威严地拐进来，闻闻我伸出的指尖，然后又向前踱去。我满心是欢喜。万物静观皆自得，人世只差少有静观者，因之也就少有自得者。

导读

陈冠学，一九三四年生于屏东县新埤乡。在多所学校任过职，曾受教于牟宗三，有志于学术，出版过诸子文字学等古代学术论著。一九八一年辞去教职，避居高雄大贝湖，开始从事文学创作，《田园之秋》获《中国时报》散文推荐奖、吴三连文艺奖，另有散文集《父女对话》《访草第一卷》《蓝色的断想》等。

陈冠学作品的特质，是深厚的人文素养与内省。《狗》一文看似寻常，其实是作者对《田园之秋》书时过于纯净的“唯美主义”进行了再思考，因为自然本不以人类的美感为唯一标准。从这篇文章也看得出陈冠学与排斥中国文化的本土主义者不同，由于治学背景之故，中国儒道两家的思想在他的书写中起了很大的辅助作用。

——吴明益

蹲

孟东篱

最近常喜欢蹲着。尤其是端个脸盆放在地上洗脸或洗澡时，蹲着洗真是安闲舒服。

一个要好的年轻朋友笑着说："你最近喜欢蹲。"表情和声音中带着宽和、有趣、温柔与关怀。

在少见蹲姿的社会中长大的他，大概会觉得蹲姿有点异国色彩，也许意含着衰老与疲惫。

蹲姿真的不是强者的姿势，不是刚阳的姿势，不是成功者或胜利者的姿势，不是战斗者的姿势，不是勇者的姿势。

不是城市中的姿势。

蹲姿是安静和休息的姿势，是乡下人的姿势。

是最简单、最节省的姿势。连坐也不需要，只把腿弯下就好。

但这个姿势，对站久走久的人来说，却是最省力、最舒适的姿势。当你站久走久，一旦蹲下来，啊，发现原来还有这么好的姿势。全身每一根肌肉都实时松释下来，紧张的神经不紧张了，慌乱的心跳不慌乱了——尤其是，如果你让你的头也依在膝盖上，这样，就连脖子的肌肉与神经也全部松释下来，你围成了一个安静自圆的球。

这安静自圆的球，其实是一切最初始的状态：是种子的状态，是种子抽芽时的状态，是叶子和花初成的状态，是胎儿在母体中的状态。是太初混沌的状态。

它是始，它是初。它是一切即将展现、充满无限生机的状态。

待它展现，也许是立，也许是跃，也许是奔，也许是飞。

但立、跃、飞、奔的空隙，生命有时也会回归它的初始状态，做暂时的蜷曲；夜里是抱膝而眠，白天则是蹲。

蹲其实不只最省力，而且在某些情况下是最容易用力的姿势，譬如大便，譬如生产。城市中普遍的便秘，说不定跟以坐姿如厕有关。

前几年，高雄医学院妇产科采用了蹲姿生产法；报道说，该院医生认识到蹲姿生产法是最原始的生产法，妇人最好用力；而现行的半仰卧生产法用力维艰，医生采用后者，纯是为医生方便云云。

蹲姿是儿童常用的姿态，是原住民常用的姿势，是乡下人常用的姿势，是老年人常用的姿势；蹲姿也是叶落归根重归于泥土之前的姿势。

也许，由于蹲姿是阿Q和王胡者之流常用的姿势，所以我们开明的社会里就少用甚至拒用吧！

电影《阮玲玉》中，梁家辉饰演的一角就喜欢蹲着，他自言是家乡的习惯。言下有些乡愁。朱铭早年的成名作《少女》，雕的就是蹲在海边划沙的女孩。静默不言中有一种期待与永恒。

蹲姿是不是一种乡愁？

导读

孟东篱，本名孟祥森，一九三七年生，籍贯河北定兴县。专事写作与翻译，译作多有关文、史、哲、心理学、宗教，曾译有《地下室手记》《附魔者》等名作。著有《万蝉集》《滨海茅屋札记》《野地百合》《爱生哲学》《素面相见》《念流》《人间素美》等。

《蹲》写出了另一番意趣。孟东篱向来强调一种自在、素美的生活情趣，但其中蕴含深意。在《蹲》的最后，作者把蹲从“放松肌肉、神经”的姿态转而推衍成一种“生产、沉思、乡愁、永恒”的姿态，也由此显露了作者的生活观。

——吴明益

火 车 时 间 表 的 奥 妙

王 鼎 钧

1. 火车误点了，怎么办

火车误点了，你正在车站上准备乘车，这一段时间可以列入“生活中最难排遣的时光”。火车迟迟不来，时间像蚊子一样不断地飞来叮你。

一九四一年仲夏之夜我在山东峄县南关车站等候火车（这条短短的支线现在已经拆掉了），依照时间表，列车应该在十点钟进站，可是到了十一点还不见踪影。天气很热，蚊子又多，车站内外也没有人卖报纸杂志，候车的人用看时间表、打蚊子、口出怨言打发时间。

十一点十分，站长从我们身旁经过，一个资深乘客首先发难，他每个月都坐火车出门，受够了望眼欲穿的滋味。他问站长：“你们的火车总是误点，火车时间表还有什么用？”其他的乘客闻声围拢过来。

站长放慢脚步，昂然反问：“如果没有时间表，你又怎知道火车误点？”说完，掉头而去。

妙极了，最佳的防御，水泼不进，针插不透，旅客纵然不服，也只有悻悻然而罢。铁路局有此等“忠勇”的员工，亦可谓深庆得人了。

现在，我想我比较了解这位站长。火车误点，许多人以为站长有责任，其实他有什么办法？当然，他至少有义务接受乘客的抱怨，可是，等到误点成为常态，每天面临无休无尽的质问时，他焦躁起来，他专业的荣誉已荡然无存，他想这是铁路局害了他，他又何必站在你面前替铁路局受过？

那就误点吧。那个站长他索性不在乎了。

2. 误点，火车仍然来了

一九四九年春正月，我在山东德州车站等了三个小时才搭上火车。我曾一再到站长室打听班车何时进站，他说：“还有三十分钟。”我清清楚楚记得一共问过五次，每次所得到的答案相同。

那位站长也是铁路局的模范员工，他把等车的时间分成好几个三十分钟，使我们很乐观地承受着料峭的寒风。上车后，我愤愤地说：“四点半的班车，七点半才到，候车室里又何必挂火车时间表？”

座旁一位老者，胡子白了一半，一口天津卫的“卫腔”。他对我说：“你看，火车不是终于来了吗？这就多亏有个时间表。时间规定四点半到，四点半到不了，五点半应该到；五点半到不了，六点半应该到，现在七点半，终于到了。如果没有时间表，它可以明天才到，也可以后天才到。”

我愕然，当时，我完全不能接受他的看法。今天，我想起这位老者。他老人家想必受过时间表无穷的折磨。时间表总是在骗他！可是，一个想坐火车的人，不信行车时间表又信什么？上一次它不准，这一次也许改进了吧！他仍然要一分一秒地遵守，依然一次又一次为它所负！这样累积了十次百次之后，他的心冷了，误点就误点，他也不在乎了！

3. 当火车第三次误点的时候

一九五〇年某日我在台湾宜兰火车站等车，那时宜兰火车站很小，候车室的椅子很脏，售票口像扣留所送饭的进出口那么大，但是班车时间表的字很清楚，很郑重其事。

那时，宜兰的班车也会误点（现在已是历史陈迹），那时宜兰有个军官大队，他们经常往来于台北宜兰之间。那次车上就有几个军官在座，一个说："火车常常误点，我们写一封信给铁路局好不好？"另一个说："好，我们告诉他应该修改行车时间表。"

我急忙看他们的脸，没有人笑，说这话的人似有愤激之色，他的听众似乎为之动容。我当时想：这是怎么了？当行为违反规则时，他们正经八百地主张改变规则！

他们并不在乎火车何时来到，他们计较的是：你为什么不说实话！火车八点到你就说八点，火车十点到你就说十点，不是容易相处得多了吗？

4. 误点——火车的骄傲

同船过渡，你不知道会遇见什么样的人。

第一位，那站长说，没有行车时间表你怎会知道火车误点。

第二位，那老者说，如果没有时间表，火车来得更晚。

第三位，那军官说，火车既然误点，行车时间表就该修改。

他们共同的智能是，面对规则时要心冷，但是不能心死。……这智慧，当然不只是从车站得来，他们还经历了许多世事，用海峡对岸流行的话来说，“生活教育了我们。”

在某些时候，误点乃是火车的骄傲。火车那样的庞然大物，它不来，谁拉得动？它要来，谁挡得住？在“当然可以误点”的火车里，列车长一副悍然不顾的神情，只有在准时进站准时出站的火车里，才有谦和从容的服务人员。在“当然可以误点”的火车里，乘客多半如刚刚蒙恩大赦，只有在守时的车厢里才气定神闲。

5. 时间表——一种仰望和祈求

每逢火车误点，候车的乘客总是一再仰望高悬在头顶上的时间表，尽管他早已看清楚了。到后来，那已不是寻常的查看，成了仰望祈求的一种形式。

如果连这一丁点儿形式也不存在了呢，那场面我倒见过。长话短说，且休提什么时候、什么地方，只见赶火车的人成群结队、扶老携幼，进了车站，直奔月台。谁也不看时间表，有些车站干脆把时间表取下来了。（你听说过没有，有些车站的时间表，被一群无车可坐的汉子拆下来砸烂了。）也没有人去问站长（你听说过没有，站长躲起来，不敢见人了。）要坐火车吗，自己到月台上去等吧！

那些人对规则秩序一概绝望了！

只要别弄出那一天来，只要还有时间表可看，哪怕是不甚准确的时间表；只要还有站长可问，哪怕是没有多大担当的站长。

如果你是单独一人，那就带着小说去等车吧。如果是两人结伴，那就带着象棋去等车吧。如果是三个人四个人，那就带着桥牌吧。

你得懂怎么熬。

现在不是火车不再误点了吗，你看，总有一天能熬出来。

导读

王鼎钧，山东临沂人，一九二五年生。抗战末期从军，辗转大陆各地，阅历许多世事，人生经验丰富。一九四九年来台，以寇节、方以直、董还主等笔名在报章杂志发表作品。曾任报社编辑、记者与杂志总编辑等。一九七九年移民美国，专事写作。

王氏创作的文类包括散文、小说、剧本与评论，而以散文最为擅长，其人生三书——《开放的人生》《人生试金石》与《我们现代人》，以隽永的文字、寓言的方式，短小的篇章谱出人生哲理，往往不出意料地，激发读者的文学智慧。他的作品，有理性明晰的，也有感性叙事的。旅居美国后，作品触及海外华人的心灵世界，见证了流浪异国的诸般经验。

《火车时间表的奥妙——书难尽信，但是不能无书》，是典型的王氏散文，以简净活泼的语言刻画人性。透过同样的时间表，不同的人解读，映衬人性的吊诡。

全文分五段，循序渐进诠释火车时间表的“奥秘”，里面有人事物时地，以车站为舞台，搭火车为事件。透过戏剧动作呈现令人为之莞尔、气结、无奈与无可如何，终于悟出了“熬”的真谛。这三次等候火车的误点经验：一是一九四一年仲夏之夜的山东峄县南关车站，资深乘客对误点的发难，对应站长“妙极了”的回答，令人为之绝倒；二是一九四九年正月的山东德州车站，作者等了三个小时才搭上火车，愤愤控诉时，座旁老者那句“多亏有个时间表”，真令人无言以对；三是一九五〇年的宜兰火车站，作者聆听几位军官试图对铁路局的建议，设身处地的指出：“你为什么不说实话！”

误点——当然可以误点，这是火车的骄傲，站长、老者与军官，生活教育了他们，得到的共同智能是，面对规则时要心冷，但是不能心死。最后，作者指出时间表是一种仰望和祈求，这才是不能无书的理由。在一次次的绝望中，懂得怎么熬怎样耗，这是对人性的折磨；相对于现在火车不再误点了，毋宁是现代化的标志，也是对人的尊重。

——林明德

第四章　浮生有情

人有时忙得忘了自己的根，回溯记忆里感情最重的部分，那也是你最单纯、最有希望的部分。

府城琐忆

叶石涛

我是一九二六年生于台南府城四平境打银街的叶厝的。台南府城是开化最早的地方，远在一六六〇年代荷兰占据台湾的时候，在台南附近已有汉人移民约十万人之谱。明郑时代它叫作东宁，是台湾的首府，所以陈永华所建的孔庙就在正门上面高高地悬挂着“全台首学”木质匾额。由于府城开化早，所以工商业发达，每一条街都是同行业的手工业或者商贾群居，犹如中世纪欧洲的行会（guild）[①] 组织一样。我所诞生的地方之所以叫作打银街，可能是这一条街在大清时代是打银饰的匠人所居住的地方。从幼我叫惯了历史悠久的古街名，所以虽然日据时期改名为白金町，光复后取名为民生路，我若遇到乡亲，仍沿用打银街称呼的时候居多。台南府城此外有好多此类的街名，可惜一时也记不起来，不过如草花街、大铳街等，我仍记得很清楚。草花街顾名思义乃是卖花人群

① 中世纪时，欧洲的工匠及商人组织同行成立的行会，行会成员则通常集中在城镇的某一部分。

居的地方，大铳街是兵营所在，我所服务过的立人小学就在大铳街。我在府城一共住过三个地方，老家在打银街，后来在战争中被日本人强迫拆掉，所以不得不搬到“万福庵”附近居住。光复后有一段时期住在延平戏院后头的岭后街；我那时在永福国小任教，所以早上学校的钟声一响，我立刻起床，匆匆洗个脸，还可以赶上早会，正是方便得很。我说，我老家叶厝在一九四〇年代被日本人拆掉，其实只拆掉了我家住的这一部分祠堂而已。过了一条马路那边的楼阁还完整如昔，所以有一部分族人还住在那拥有广大天井、走马楼围绕的楼房。

我家居住在这叶厝，到我父亲这一代已过了七代。我算是第八代府城人，所以够资格叫作老台南。那么第一代佛生公迁到台南府城以前，住在哪里呢？佛生公并不是从大陆原乡龙溪县直接渡海来台南卜居的。佛生公的祖先原来是定居在台南县龙崎乡苦苓湖的山上，那是龙眼和芒果等果树葱茏的山乡。在那海拔两百公尺的山腹，还有叶家的老祠堂存在；所以我的远祖来台的日期也许远溯到明郑时代也说不定。

我家是属于叶家的大房，所以一向居住在祠堂两侧的厢房。那奉祀公妈的正厅大得可以容纳几十个人集合起来议事开会，我们幼少时常常在正厅开小型的运动会，我的祖父金泉公（六世），本是前清武举人，年方二十岁即患病去世。我的祖母许氏乘凉，年纪轻轻的就守寡，又没有后嗣，所以从娘家许家讨来我的父亲过继；所以我父亲也就是祖母的幼弟。许家本是前清文秀才，所以家里就设塾授徒，过那清贫的日子。清末台南进士许南英（他的四子便是许地山），也许和我祖母的父亲许秀才有血缘关系。这一层，我还没有时间好好地考证一番。

我家从大清时代到日据时期一直是钟鸣鼎食之家，算得上是府城著名老家之一。光复后虽然家道衰落，可是在二十世纪五十年代初期，我叔公还做过台南市议会议长呢！

我出生那时，台湾虽然不像大陆原乡的民众那样过着兵荒马乱的日子，可是在日本的影响下，台湾的升平日也并不好过。从一九二〇年第一次世界大战过后已逝去了六个年头，可是战后经济恐慌的后遗症还没有完全消退，台湾农村普遍凋敝，占全省农民百分之八十的佃农都徘徊在饥饿在线。这只要看台湾新文学运动中杰出小说家杨守愚在一九三〇年发表的《凶年不免于死亡》，或者蔡愁洞等人的农民小说就不难了解了。同时，我生的这一年，林献堂先生组织了“台湾文化协会”，简吉在凤山成立了“农民组合”等，台湾的反日民族解放运动也正在发轫，时代的情势正是险恶，似乎孕育着时代蜕变的种子。

当然，还在襁褓中的我是不懂这些事情的。我依稀记得母亲喂我母乳之后，好像有时也以荷兰制造的黏黏甜甜的炼乳来冲奶给我喝，我最喜欢喝这种鹰目标炼乳，不过，这记忆也未必可靠，也许是后来稍大之后看见弟妹喝这种牌子的炼乳而联想到的。我特别提起这喝炼乳的事，是要说明当时我家生活的富裕罢了。普通人家的婴儿哪有牛奶可喝？最好也不过是喂以米糕泡水的浓汤而已。

我父亲念过师范学校的附属公学校，又在家里念了几年汉文，粗通文墨，所以有一个时期在台南州厅做官，又担任次于保正的甲长，在地方上颇有名望。我的母亲现时已八十五岁，但她也念过公学校，所以中日文都有一点基础。她年轻时常因家产问题跑日本衙门，也没听说过出过纰漏，可见她的日文的读写程度相当高明。可是很怪的，我们家的孩子有时在家里做功课用日语讨论各种课本上的疑难问题，他们好像听得津津有味，但从不用日本话来纠正我们的错误，每次都一定用台湾话来指摘我们的问题症结。我这一辈子从没有听父母讲过一句半句日本话。

我的长辈不用说没有一个会讲日本话的，他们大多数在厦门的集美学校完成中等教育。当然，属于我这辈分的年轻一代堂兄姊已经有人渡海到日本深造，念过大学的也颇不乏人。我的长辈大多数是庸庸碌碌的俗人，所以也从没有人参加过抗日民族运动这一类“造反”的事，但也没人在日据时期跟日本人勾结。我的族人在日据时期只是安分地守着传统生活，不抛头露面地在社会上活动；这可能是有足够的家产可以安适地过日子，不必仰赖日本人的慈悲张罗三餐饭的关系吧！

我从幼小到少年的这一段日期，过的是大家族制度下的生活，族人和男仆、丫鬟等集合起来少说也有三十多个。除靠几十甲田地的田租过活之外，好像在府城各处也开了几个店铺，有做米、糖买卖的，卖绸缎的，甚至也有当铺。每个月总有一两次祖先做忌，就必须拜一拜。所以热热闹闹地打牙祭的机会很多；这是我们小孩最喜欢的，有吃有喝，兼之来来往往的三姑六婆、亲戚故友也特多，真叫人心花怒放。我常躲在众堂兄弟身后仔细观察亲戚家亭亭玉立的姊妹，有些端庄秀丽，有些雍容华贵，有些弱不禁风，但都带有灵秀之气，那妩媚柔和的体态打动了我的心弦。

长大之后，我看到了松枝茂夫根据有正本翻译的岩波文库版《红楼梦》。那时候太平洋战争正打得如火如荼，我却在那战鼓笳声中忘我地重温了我的美梦；因为那《红楼梦》的世界正是我孩提时所过的世界，一点儿也不觉得陌生。我常常忆起“女人是水做的骨肉”这一句话，容易把所有的女人当作冰清玉洁的圣母；我可以说是地道的女性主义者吧？不过，我当时年纪太小，只觉得众姊妹有说不出的美，当她们之中的一个人用她那纤纤玉手摸摸我的头说我“胖嘟嘟”，笨得很可爱时，我也照样咧嘴报以感激的一笑。

我不太懂得台湾都市里的大家庭制度是从什么时候开始瓦解的。我知道到了二十世纪七十年代的台湾乡村，譬如说最保守的客家人村庄美浓吧，此地还有几户人家一直维持着大家庭制度，严格地规定家庭成员生活起居、劳动的细节，以及金钱出入的一套家规；但是现代化的浪潮，重视个体权益的观念已渗透到每一个人的心灵深处，价值观念激变的八十年代，这些农村里的大家族制度恐怕不久也会变成为明日黄花了。

正如台湾俚语所说，“好额无所三代”（有钱人传不过三代），“台湾无三日好光景”，我家的黄金时代似乎已过去。从一九三七年七七事变以后，升平的社会已被殖民地政府的一连串暴虐措施破坏；如禁止汉文，推动皇民化运动，加强言论弹压，继而有一九四〇年的“寺庙升天”，改姓名运动等；台湾社会愈来愈呈现不宁之貌。随着日本扩大侵华战争，挑起太平洋战争以来，它在岛内以铁腕政策推行新的经济体制，所以我家所经营的多种店铺也不得不关门大吉。

本来大家庭制度在欲望较收敛的农业社会，弱点较少，优点较多；虽然大家庭制度也在表面性的和谐里面藏着激荡的险恶暗流，诸如某种歧视和迫害，营私结党、互相攻讦等人性弱点，但族长精明能干，经济还可以自给足的时候这些弱点还可勉强抑压下去，不至于摇动根本。然而，当族长的权威随着经济的衰微一直走下坡路时，这些暗流也就汹涌地冲破皮相的风平浪静。

我的曾祖母是维持这团结假象的核心人物，她象征着过去荣华富贵的优雅生活，可惜，她去世了。本来在她还没有去世以前，各房已分产、各自分爨了很久，但碍于曾祖母的存在，不敢明目张胆地拆伙，各房自寻生路去。但曾祖母一死，再也没有什么忌惮，各房也就另觅栖处，天天有人搬出去。我家本来就是大房，所以一直赖着祠堂没搬离，但昔日热闹的景观已随风飘去，一天比一天冷清起来。最后只剩下外面新楼房还没盖好，无法搬离的族人稀稀疏疏地住在对面。

那年黯淡的冬天，不到五点天就暗下来。日据时期由于供电能力不够，所以除非是公家机关、大户人家，大多数人家都是限电供应的；这就是说，不到下午六点，电就不来，家家户户都是漆黑一片的。早上六时一到，电就自动熄灭，所以在供电时间之外，扭开了电灯，也是无济于事，屋子里仍如黑夜。我那时好像是考入了州立台南二中，放学后的这一段尴尬的掌灯时分，由于没有电，所以也做不得功课。幸好对面的族伯家除电灯之外还备齐了洋灯，一看天黑下来，就点亮了洋灯。这族伯家刚好也有一位堂姊正在念台南第二高等女学校，所以我就顺理成章的同她一起做功课。在那柔和的灯光下，跟堂姊做功课的那段时间，我并没有学到什么，我一直瞪着她白净的脖子以及微微隆起的胸膛发呆，梦想着我跟她有一天同去日本留学的光景，暗自出神。可惜不久，这族伯家也匆匆忙忙地搬出去，信息全无，我一直不晓得她后来嫁到哪一家，生活过得幸福与否等诸如此类的消息。

最后，我这偌大的叶厝，除一位叔公和我家以外，没有人居住了。同时，我也不常到对面去；因为那儿已变成只有空壳的楼阁，寂静和幽怨吞噬了它。

在战争末期的一九四五年，我家居住的这边叶厝祠堂被殖民地政府夷为平地，当成“防空空地”，所以我们不得不搬离这祖厝，在“万福庵”附近租下木造的楼房居住。光复后，我当兵回来也是居住在那里。我心里时常有忧伤的念头，哎哎！世家到头来都难逃一劫，好像都没有例外地变成“破落户”了，只是旧时荣华富贵的回忆，萦绕脑里，徒增加些凋零的哀愁罢了。

旧城一老人

叶石涛

大约每天清晨四点半我就醒来。其实说是醒来也不太对；因为在漫长的夜里，我总是有好几次不得不起夜，所以也并没有真正熟睡过，据说糖尿病病患很多人都有这种毛病，是否真的如此，我问过医生，他也答不出所以然来。而我正是糖尿病患者。

一起床，就有挥不去的沮丧感抓住了我。沮丧和忧郁紧紧地抓住我，使得我只能呆呆地坐着抗拒这不知如何产生的强烈感觉。

大约在这时刻，从隔壁卖早点的店家传来阵阵磨豆浆的机器转动的声音。这等于是号角，我勉强开始每天例行的工作。如厕、刷牙、刮胡子、洗脸，然后干擦身体。这种习惯的动作，让我心里获得一点儿纾解，沮丧感也就没那么强劲了。寒冷的冬天，对我这个老人来说是沉重的折磨，我不得不穿了厚重的夹克出门。一旦上路，我的忧郁和颓丧也就减轻了许多。

走到里长所开的鲜花店，我老远就看到老朋友的那一只老狗藏在箱型车下面。这是一只流浪狗，每天都固定趴在这车子边。它跛了只脚，走路时一拐一拐的。听到脚步声，它无精打采地抬起头来瞥了我一眼。我弯下腰抚摸了它略秃的头部。有时它会有气无力地摇尾巴，表示高兴，有时似乎丝毫没有反应。

我细细抚摸着它粗粗的毛，分不清它是只老狗抑或我才是。这时候忽然忆起老妻的叮咛，她告诉我说，这只老狗全身脏乱，似乎带有某种重病，病菌也许附在它皮毛上，绝不可去碰触。不过，我总是禁不住一股冲动，还是细细地、温柔地抚摸它脱毛的头。我很想带些狗粮来喂饱它，但里长太太曾经告诉过我，这只流浪老狗是有人喂它的，巷子里的一位老妇人似乎定时喂它。我认得这位瘦弱的老妇人，她碰见我时会合掌跟我打招呼。说是老妇人，其实我比她更老也说不定。

这时候天还没有亮，街灯还亮着。我缓缓地走到拱辰门前面。这古老城门两侧都有彩色的门神浮雕，可惜天还很暗，看也看不清。拱辰门对面的一家汉堡店已经开门做生意。那勤快无比的中年老板娘，一看见我就大声打招呼。我以前每天早上都光顾这家店，买一块烤土司，还要抹奶油、果酱夹煎蛋。不过，自从我的主治医师诗人医生曾贵海叫我少吃蛋、奶油、果酱以后，我也就不再来买了。我有严重的高血压和糖尿病。曾贵海这样吩咐我是有其道理的吧！我也向这老板娘问好。我一开口说早哇，那老板娘忽然说你缺了两颗门牙为什么不去补，这样不太好看了。我并非不补牙，而是装了假牙就浑身不自在，食物也咬不动，生怕假牙忽地掉下来的缘故。这位老板娘真是眼明手快，一瞥就发现我没有门牙，真令人惊讶。告别那头发染上金黄色的老板娘，我就走到光明堂庙宇前来。我不想看那数不清的龟在其中蠕动的池塘。照例摸了一下石狮子的头部代替向佛像膜拜。有人告诉我，一对石狮子是有公母之别的，这叫我大吃一惊，我从来没有想到一对石狮子是配偶的关系。

离石狮子门口不远，停着一辆白色喜美轿车。车子停的地方正好是光明堂正对面。来这儿散步的男男女女没有一个例外，都会停下来站在这车子前面向庙神膜拜，这轿车妨碍了善男信女敬神。令人愤慨。我有一次看见一个红黄色头发的年轻女郎从那车子走出来，大步走向那光明堂隔壁的小客栈。而这一客栈却是私娼窝。这样说来这女郎定是赚食查某无疑。小客栈前面有几个赚食查某一动不动地坐在板凳上，犹如一尊尊石像。她们都是四十多岁的大姐，浓妆艳抹也掩不住岁月的摧残残痕。虽然天还没有大亮，仍然有恩客上来，小声计较价钱。一谈妥，他和她都无声无息地走向上楼的楼梯，活像演出一幕哑剧。我从她们前面走过，她们视若无睹，冷冷地凝视着莲池潭对面刚爬上水面的红红太阳。我走过去时，心怀忧悒，竟分不清她们是赚食的，还是我才是。出卖肉体和出卖文章，都是为了吃一口饭，没有什么谁尊贵谁又不尊贵的问题的吧。她们就是我，我就是她们。

通往孔子庙的右侧被一辆辆小货车占住了。柳橙八斤一百块，珍珠番石榴一粒十块，木瓜一斤十块，我有时会买几个木瓜回去。每当吃一片剖开来的木瓜片，我就会想到这木瓜的甜度达到十多度，心里不由得产生惭愧和罪恶感，我从来不告诉曾贵海医生，我天天吃木瓜的事情。

孔子庙前面一清早就门庭若市，各种各样的摊贩集在一起，一直延续到“哈啰市场”。我走到路口远远地看见那卖包子、馒头的摊子。铝制蒸笼上温热的水汽冉冉上升。那卖包子的，看见我靠近去，一言不发，拿出小塑料袋装进一粒菜包子。他早已习惯我每天只买一粒。那还温热的菜包子一粒只要五块钱，简直是奇迹，也算是穷人的恩物。只可惜，包子里面的馅全是高丽菜菜叶，别无他物，吃起来味同嚼蜡。

一回头，迎面走来一个满头白发，伛偻着瘦弱身子的老太婆。她牵着自行车，后架载着破铜烂铁和厚纸板，由于失去平衡，就在我的面前，倏地跌了一跤。那负荷太重的自行车应声倒下。还好没有压到老妪。我费了九牛二虎之力，才把自行车扶了起来。我喃喃自语，你年纪这么大了，难道没有一子半女奉养你吗？老太婆却不言谢，也没有任何表情，依然牵着自行车蹒跚地弯下腰走去。她并没有回头来看，倏地我觉得我就是她，她就是我。

回到家时，天已大亮。

导读

叶石涛，一九二五年生于台南市，一九四三年台南二中毕业后，担任《文艺台湾》编辑，于《文艺台湾》发表小说《林君寄来的信》《春怨》。一九四四年辞去编辑工作，回台南市立人公学校当老师。著有小说《葫芦巷春梦》《罗桑荣和四个女人》《红鞋子》《西拉雅族末裔》《台湾男子简阿淘》《蝴蝶巷春梦》等，以及《叶石涛评论集》《台湾乡土作家论集》《台湾文学史纲》等。

《府城琐忆》是叶石涛回忆录的片段，叶家系府城著名老家之一，虽然已经家道衰落，但是过往钟鸣鼎食的荣景，依然深刻在作者脑海，尤其曾祖母还在时，还维持着团结假象，象征着荣华富贵。当作者读《红楼梦》时，让他忆起孩提时所过的日子，有如书中的贾宝玉，活在家族众姊妹之中，昔日热闹的景观已随风飘去。正如台湾俚语所说：“好额无过三代。”让作者深深地体会：“世家到头来都难逃一劫，好像都没有例外地变成‘破落户’了”。

《旧城一老人》写的是居住在旧城的作者清晨散步所见与感触。叶石涛采取强烈对比手法，叙述当抚摸老狗时，不禁自问：它是只老狗抑或我才是；而想到喂养老狗的老妇人，也不禁思索：其实我比她更老也说不定。当他看到停在光明堂正对面的白色轿车，想到这附近的赚食查某的情形时，说出：“出卖肉体和出卖文章，都是为了吃一口饭，没有谁尊贵谁又不尊贵的问题的吧。她们就是我，我就是她们。”又当他看到载着破铜烂铁的老太婆，跌了一跤，他把自行车扶起来，喃喃自语，你年纪这么大了，难道没有一子半女奉养你吗？作者以反讽的手法，表面上写的是老太婆，实际上写的是自己，不禁让人感慨良多。

——羊子乔

亡妻记（一）

吴新荣著 / 叶笛译

日记是生活不虚伪的记录。

日记是自己心灵的过滤器。

日记是给子孙的悲哀的遗书。

日记只是人生的过程表而已。

三月二十七日（晴）

昨晚和朋友在下围棋时，从妻子的娘家六甲来了电话，说是妻子九点许，洗完澡出来，骤然陷入病危。马上坐出租汽车急驰而去，过十一点到达六甲。其间约一个小时，但我觉得仿佛过了几个小时。我起始就有坏的预感，想象到各种场面，可是，又以为再坏也不至于死吧，就自己又否定了。我想：也许我一到，她就会在被盖里有趣地听我说分别两三天之间的事情吧。我毋宁高兴地期待着想让她听：前几天整理本居地的坟墓时，从曾祖母墓中发掘出漂亮的翡翠手环以及前天夜晚在酒家，差点就闹出不像自己会做的，要和某有力人物打架的事等等。

然而到那里一看，出乎意外的危笃让我大吃一惊。她全身苍白、奄奄一息。据岳母说，最初她诉说上腹部疼痛，所以内兄亦即她大哥给她打了镇痛剂，可是由于贫血状态没变好，所以去接R医师来注射生理盐水和葡萄糖液，像现在似的恢复了几分意识。虽然如此，我看还是不放心，马上又给她打了几针可拉明和强尔心[①]，但病况依然没转好。意识比较清楚，可是对我的发问，只说“痛苦”。问她：“知道我在你身边吗？”却答道：“知道。但不想说什么话。”我心想这样下去，终究是不行，“干脆到台南去，好吗？”我一问，她就清楚地给我说：“不那样，怎么办？”

我和大舅子商量，他说这种情况下，到底是没办法到台南的，所以R医师之外，又请C医师也来帮忙。结果，我主张的腹内出血，意见是一致了。不过，不是能进行手术的状态，因而就决定从台南接输血拿手的医生。但病人在这种缓不济急的措施下是无可奈何的，病况愈发恶化。最后又给她打了生理盐水，但吸收的情况非常不良，连我都觉得终究要不行了。因而我问妻：“有什么话要交代没有？”她却答道：“没有。”不久又说：“什么都变暗了。”终于这一句就成了妻子最后的话。接着照病况的进展发生了陈施式呼吸[②]，我想这是最后的爱，就以嘴唇用力吻了妻子的脸颊。她像是感觉到似的把我的手有力地握了三下就断了气。

---

① 可拉明是一种中枢兴奋药，适合于用于中枢性呼吸及循环衰竭、麻醉药、其他中枢抑制药的中毒急救；强尔心是一种强心剂。

② 病理性呼吸节律的典型代表。

时刻是凌晨零点十五分。妻仅以三十一岁的青春结束了她的一生。右手边是丈夫的我，左手边是大舅子，右脚边是岳母，左脚边是小姨子，而头上边是R和C两医师，同时其周围围着南星等五个孩子。妻终于在她最爱的丈夫、孩子和母亲、兄妹照护守望下，于其出生地踏上冥途。孩子们在哭唤着，但我以为自己还不该流泪，不得不动手处理遗体。首先从双臂、胸部和双脚等十三个打针处拿掉刚才贴上去的橡皮膏。然后，我把她的服装整理好，抱她坐上车，五个遗儿接在后面。先前哭泣着的孩子们，汽车一开动全都停止了哭泣。我觉得仿佛和往常一样迎接回娘家的妻，现在要回佳里似的。然而往常总是在白天，偏偏今天却在三更半夜，而且上弦月寂寥地悬在西边天上。妻还有体温，但身体松弛无力，同时，不能和往常一样和我说话。还是真的死了。想来，妻是二十三日利用孩子们的春假才欣悦地回去娘家的。那时，我就她的健康提醒要注意时，“万一有事，我哥哥在，所以没问题”，妻是这么回答的。

到佳里，孩子们下了车，看到抱着的妻子依然死了，这时，我第一次无可遏止地流出眼泪来。然后，我叫醒父亲商量要葬在本籍地将军庄或这因缘之地佳里，结果决定要葬在后者。因为妻自来到吴家十年之间大都在佳里生活的。由于这缘故，就打开小雅园的大门，把灵位安置于正厅。我现在就在妻的灵前写着日记，要和再也不能说话的妻谈话。

雪芬哟，你是伟大的母亲。为我生下五个我们的爱儿。

雪芬哟，你是伟大的管家。你把这么复杂的大家庭管理得如此完美。

雪芬哟，你对我来说，同时也是个伟大的妻子。由于你在，我才能一直到现在没有后顾之忧，对外工作过来。

妻哟，安心上天堂吧。

五个我们的爱儿，我会好好照顾的。

啊！妻哟！安心上西天去吧。我的人生自此以后，也许将会有大转变吧。

回到佳里，刚好大姨从前天就来，所以很方便，因而派急使到将军庄告知母亲和叔父。不久，J君赶来，于是要给亲戚的电报，给朋友的通知，其他有关葬礼都请他安排。就这样，天一亮，听到妻之死的街上的人们就大大地骚动了起来。有的人说：要撒谎也得要有个分寸，就跟人打架。也有人哭着来打听真相。

雪芬哟，现在快要晚上十二点了。昨夜这个时候，你只是不断地说“非常艰苦”，“这么痛苦的话不如死的好”，你是这样死心的。如今你已成为棺柩里的人。你的丈夫，现在和从台南赶来的你二哥、我的盟友J君，C君和G君在守着你的灵。

雪芬哟，你丈夫今天为你做了最后的又是最完善的各种准备。早上和J君去街上唯一的棺材店物色你的棺材。只剩下一个两边刻着“福寿”的福州杉棺材，它终于变成了你永恒的房屋。你的丈夫还请你生前最尊敬的O先生来给你的身体做最后的医学处理。啊！你的身体多么像你名字一般洁白，跟生前没有一点不同。你的丈夫也和你二哥去新公墓，跟地理师卜好你永定的宅地。这位地理师正确的罗盘针和我们的科学知识一致。

今天听到你的讣闻，街上的人们不论熟悉的或不熟悉的都哭了。特别是市场上的人们和部落里的病人整天络绎不绝地来为你上香。下午六点，你丈夫帮助你最后换衣服。啊！你的肉体已冷如冰，硬如石头。晚上快九点，举行入棺仪式。善行堂来了五六位和尚为你念经。当“婆仔”最后要以布盖上你的脸时，你丈夫吩咐她再拉开一次。即使如此，你丈夫永远不能再看到你的脸的瞬间来了。你知道你丈夫现在在你灵桌上写着这日记的事吗？啊，多可悲呀！

三月二十八日（晴）

雪芬哟，今晚，我还是要在你灵前写这日记。今晚是最后的夜晚。别人都告辞走了。只有M君一人伴着我。不管怎样困，无论如何今晚我要尽量长久陪伴在你身边。今天早上从善行堂拿来你的灵位。C君挥毫漂漂亮亮地写上“佛恩故妣吴门毛氏雪娘一位莲座”。晚上，从双美馆拿来你的照片，是把去年元旦和你一起拍的最后相片复印放大的。还有，白天，你二哥从台南送来很漂亮的鲜花花圈。这样，你灵前要准备的东西都齐全了。我在你的灵位两旁点上蜡烛。

在前面烧香，想与你在今晚谈个通宵。

雪芬哟，自从你死后，我冷彻的科学态度就动摇起来。自从你死后，我的反迷信行动就迟钝起来。如今想起来，你要死以前就有各种不可思议的言行。

比如到了今年年头，你就像口头禅似的说：

“史民！如果我放下孩子，去很远很远的地方，您怎么办？”

“说遥远的地方是哪里？”

“比如弟弟在的东京啦，哥哥在的北京那样的地方啊。”

“我不会让你去的。”

“那我就说要回娘家，就那样回去啦。”

这个对谈终于变成了现实。还有我记得在你死的一星期前，你擅自去台南。那时你回来告诉我去跟糖店的老爷爷和五金店的老婆婆见面。如今一想，我觉得：你恰像去和这些善良的老人们打了最后的招呼似的。

还有，如果要说更远前而迷信的前兆就更多了。例如几年来，我心爱饲养的鸽子因野猫袭击，有的被杀，有的飞逃，终于全都没有了。还有，几年来饲养爱护的三只家猫都死了，两个女佣都头上生虱等等，风俗上都被认为霉运的征兆。啊，妻哟！这噩运果然来临，但对这种宿命论，我到底是不能死心的。如果你的夭折是命运，那么我要在你灵前哭泣，不也是命运吗？然而，我妻哟，我还得和你说话；今天来哀悼的人不断地来访。从各方面都来，其中你亲密的女友们来了许多唁电。不过，每当唁电一来，我的心就愈发悲伤消沉，吊唁人走后，我的心就沉沦在深深的孤独感之中。啊！我妻哟！这最后的夜晚，但愿你安眠！

三月二十九日（晴）

雪芬哟，我今晚起已经不能在你旁边写日记了。要是平常的日子，这时候是听收音机啦，看杂志啦，或是在写日记的。然而收音机自你死后就没弄过。还有在被盖上写日记，也是今晚第一次，因为你已经永远从我身边消失。今天下午四点起，开始你的葬礼。和尚诵完经后，遗族和参加葬礼的人烧香进行仪式。诵经时，街上望族出身而刚从内地回来的两个年轻的尼姑也在行列中。虽然是非正式的，来宾却出乎意外的多。

五点许“迁棺”，送葬的行列从家里远接到墓地。我妻哟，这时，正是你和我们家最后的离别啦。

送葬的来宾，我们在街外请他们回去。留下的行列按“地理师”“道士”“和尚”“棺柩”“孝男”“遗族”的顺序走向第一号公墓。到达墓地时，已快六点，所以立刻举行“点主”。说是今天的“日令”不好，所以棺柩就那样安放着，等明天吉日再埋坑。

雪芬哟，明天埋坑的时间刚好和在善行堂举行告别式的时间相同，所以我们不得不在今天在大地上和你做最后的告别。啊，妻哟，今晚起你得独自一人睡在野地。我想那样太寂寞，因而决定从将军庄选三个人来守你的棺柩。啊，我妻哟，永远再见啦。永远再见啦。我也不定哪一天会去见你吧。如果真有灵魂，不知你将会怎么高兴呢。

三月三十日（晴）

今天告别式在金唐山善行寺举行。仪式场备有新做的法器乐器，很是庄严。灵前花圈和花瓶排列满满的，真是百花缭乱，芳香馥郁。来宾有镇上的高官士绅以下数百名参加。尤其台中的 Y 君特别派他长子带首阳园的花束来，这实在叫我无以复加地感激。看着小 Y 君在你灵前痛哭，真令人不胜悲伤。还有台南 K 先生亲自特地带花束来，对此，我感到很光荣。我为要感谢他好意，把花束插在先生所研究的“安平壶”排饰在你灵前。仪式在悲哀里进行，街长念悼词，督学朗读唁电。

雪芬哟，在这里，我还得向你报告。街长之外，台北的 S 君和台南的 M 君，佳里的 K 君也都为我们念了悼词。请你想象一下，刚从广东归来的 S 君，那个剽悍的 S 君，那大块头的 S 君在你灵前泣诉的场面吧。你知道吗？还有那稳重的 M 君，那理性的 M 君像被抉去心脏似的与你谈话。最后那热情的诗人 K 君像撕裂着心胸似的大声喊叫你的名字，在哀悼你的死时，全场听到的人都哭了。告别式完毕，由于告了一段落，所以傍晚我去公墓看新墓营造的情况。幸亏砖瓦会社的 K 氏非常尽力并且为我们监工，我才放心。啊，我妻哟，我连你的棺柩都再也看不到啦。因为你的棺柩外廓已经被坚牢的水泥巩固起来。今晚有点儿冷，你在那水泥中没问题吗？

三月三十一日（阴）

雪芬哟，今晨醒来，最先想起的事还是你的死这严肃的事实。你最后一趟去台南时，为我买了一个非常好的枕头。那是因为我总是有躺着看书的习惯，所以你想把我的枕头弄得更软些，更高些，这是你对我的关怀。如今想来，你为什么不买两个枕头来呢？由于你实在为我们准备了各种东西，所以你的葬礼都派上用场。然而，你一切的关怀，如今却都成为我伤心的原因。因为今天起不能不整理收拾一切。明天起我的私生活不能不来个大转变。朱里明天要入学就得带她去。一向你替我做的，这回我得代替你来做。好！我从今起要把对外的工作尽量减少，比向来更加照料孩子们一些。幸而最小的亚姬子跟柀旺很要好，别的用人也都很卖力工作。其他所有的朋友，任何阶层的人都很帮忙。如果你在的话，一定会大为高兴的。

四月一日（雨）

今晨带朱里去参加“国民”学校的入学典礼。父亲不能不做母亲的工作，想来是一件可悲的事。自从学校的入学被许可之日，妻不知怎样地等待过这一天的。妻要以自己的努力来克服自己女儿不利的条件。从学校回家，我开始差不多一个星期没做诊察。什么事都不做，一动也不动，我是难以忍受的。至少我打算由开始诊察工作来打发难耐的时间。雪芬哟，今天冷冷细雨霏霏飘落着。你在那个水泥中不冷吗？昨天我和砖瓦会社的 K 氏上台南看了你的墓碑回来。和你二哥见面，之后，一起去锦町的石铺看了看。由于预订下比较上等的石碑，我也满意啦。我之所以不想把你的坟墓装饰得更好，就因为你坟墓邻边有着比我们有财产、也有地位的人们之墓。我还想着：我们的子孙是否有信心不出辱没我们坟墓的人？

四月二日（晴）

雪芬哟，昨天下雨，工事也休息，所以没能去看你的坟墓。今天是晴天，同时，孩子们明天放假，所以我就像往常去访问你的坟墓。南星很高兴地和他“四叔仔”一起先去，我稍后便骑摩托车去。说骑摩托车会显得夸耀又快活，其实是我想尽量快点看到你的坟墓之故。今天风静，野外的眺望真好。先去的南星和他的“四叔仔”已经拿出速写本拼命地画着什么。后来，用人枨旺也来给你坟墓浇上水。在那时间里，我在公墓附近走了一下。纳骨塔前的埤水清秀，大察排水的圳水滚滚流动着。日暮时，我大声喊叫：“阿星！回家啦。”在墓穴中听到我们孩子的名字，你可能吓了一跳吧。我踏了好几回摩托车的脚蹬却发动不起来。我觉得好像你要留住我，但我还是不能不早回去。说不定小亚姬子在哭，同时，南图稍一不见我就会找的。今晚真是美好的月夜。你将要第一次在野地里过这么美好的月夜吧。

四月三日（晴）

雪芬哟，凌晨一旦醒来，就再也睡不着了。最先会想起的总是你的死，之后，思索便无限地接连下去。现在我盖着的是和你结婚以来的被，你身体的气味还清晰地留存着。我盖这床被一向会安眠。然而现在醒来一看，却没有你的面貌。这顶蚊帐是你想尽办法才弄到的。你说过孩子多了，不这样大又结实是不行的。现在醒来一看，只是太宽阔，觉得仿佛在等你。我仿佛觉得你就在旁边对我说：

"史民，还早，再休息一会儿。"

可是，回顾旁边，五个孩子就像母亲还在的时候一样呼呼睡着。雪芬哟，我睡不着时，总是要开枕边的收音机听，这，你是知之甚详的。然而，自从你死后，我已没心情听任何管弦乐。还有听到亲戚朋友吊问安慰的话语，也使我觉得更加难过，最好是独自想着你的事情。不过，那样安静的时刻，就很想流泪。啊，那样子，不是你愿意的吧。

雪芬哟，今晨慢了上香，对不起，因为朱里已经上学校，不能不弄出她要读书用功的地方吧。于是稍把南星的桌子转了方向，把朱里要坐的地方弄宽。顺便也把你生前常说的破榻榻米，和里边的调换过来。然而你用的东西，准备的东西是原封不动的。能够的话，我很想要永远保持原位。虽然如此，打开衣柜看到你色彩缤纷的服装，我总是压抑不住涌上心头的心酸。如果没有孩子，真想如你生前所希望的去南洋，总之，想到遥远的地方看看的。要不然，是不会有充实这颗残缺之心的方法的。目前只有面对病人，或看看杂志，别无办法。不过，一看书，几天来的疲惫叫我困得要命，我如往常在沙发上一闭上眼："史民，病人在等，起来吧。"不一会儿，我就会因你的叫声醒来，宛如你在生之日的声音。一清醒，啊，你不是死了吗？可是我仿佛，觉得你还在六甲，有一天会回来似的。啊，我妻哟，我老是处在这种状态里，行吗？

四月四日（晴）

雪芬哟，昨夜我第一次梦见你，你一如往常，带着微笑给我谈父亲的事，最后说："要亲切对待穷人。"我倏然醒来，这一瞬间的满足却已经永远不能追逐啦。在我辗转难寐时，南河叫着："妈妈，要尿尿。"接着不知是否马上想到母亲之死，便改口说："爸爸，要尿尿。"要是平常你就会起来让他小便的吧。如果亚姬子在吃着奶，你会给我说："史民，替我让他小便呀。"已经快天亮了，厨房里已有声响。我得叫南星和朱里起床，让他们上学去。如果往常："阿芬，起来给他们准备上学。"我会这么说的。然而，雪芬哟，现在我马上就起床来代替你。

四月五日（晴）

雪芬哟，自从你死后，我养成早睡早起的习惯，那是和你结婚以来所没有的。同时，自从你死后，我除了出诊和访问你坟墓之外，未曾外出。因为看到街上人的脸，我觉得既害羞又害怕。因为我觉得让你死去，仿佛是我的无德引起的。昨天我也独自去看你的坟墓。如果水泥充裕，很希望更早些把它修筑好。坟墓外廓用水泥巩固着砖，尽量造得坚固。我打算棺柩上面部分要因你的名字铺上雪白的瓷砖，石碑以石盘巩固，墓门也要饰以石柱。你的坟墓不会玷辱你名字的。要不然，街上人们的眼泪也就失去意义了。

雪芬哟，你也习惯墓地了吧？就在你后边有我们有名的甲长刘亲伯之坟，再向西一点就有你曾经非常亲密过的叶跷姆之墓茔。其他都是佳里的人们，有年轻人，也有小孩子。啊，可是你还是寂寞吧。今天是清明节，到处的墓地都因“培墓”热闹着，只因你的坟茔崭新，我觉得仿佛被遗漏似的。回到街上一看，家家户户都喜滋滋地吃着“春饼”。然而，只有我们一家不得不围着寂寞的饭桌。孩子们恐怕不知道今天就是清明节吧。幸而将近中午，你的爱妹碧梅和外甥永峰君从六甲来，这才让大家的心情好起来。碧梅做来两三件要献在你灵前的小小洋装，还勤快地缝补好孩子们破绽的衣服。如果你活着，一定挺高兴吧。不过，傍晚他们偕同南星等一起去拜了你的坟墓后，就又回六甲了。

四月六日（阴）

雪芬哟，昨夜我接连梦见你两次，却都是你死去的梦。啊，连梦都确认了你的死吗？再也梦不到你生前之梦吗？昨夜两次都惊醒，心胸扑通扑通的无可奈何。夜已深，幸而孩子们香甜地睡着。现在我的旁边只让南星、朱里、南河三个人睡着，因为南星、朱里两人得一早叫起来，让他们去学校。南图和亚姬子两人虽然不愿意，我硬叫他们睡在后面的屋子里，因为他们祖母可以处理南图的小便，让亚姬子喝牛奶。不过，早上一起来，这两个幼小的孩子就会立刻跑到我这边来，他们还是在父母身边才能放心玩耍的样子。已经把南星和朱里送去学校，我现在被南河、南图、亚姬子三人纠缠着呢。虽然四月了，今天却有点冷，所以让他们多穿上衣服。啊，妻哟，你生前像口头禅似的说是老幺的亚姬子，果然变成老幺啦。这个幺女总是爱哭，也许饿了，让她吃半碗稀饭就舒舒服服睡着了。可是要睡时，必定爱把那小小的手放在人胸上，也许不会恋眷着要吃奶吧。

四月七日（阴）

雪芬哟，昨天我请木工在我们的寝室一隅做好你的佛坛。你也明白；原来我是个无神论者。不过，你生前至少是信仰神佛的。因此这回，为了爱你，要把你当作佛来信仰。完成“做尾日”，我就要把你的灵位，即神位和照片移来这座佛坛。朝夕，让孩子们给你上香，作为孩子们的教育。雪芬哟，当我正在这样写着的时候，要是有女人的拖鞋声，我就会起错觉，会不会是你？难怪亚姬子看到年轻美丽的女人就喜欢哭。有时一让她看你的相片，就会直叫着“妈妈”，看着这模样真叫人心痛。然而就是寒冷如今天，亚姬子也会渐渐长大的。真的，今天不但寒冷而且还下着细雨。当我去你的坟墓时，仿佛觉得会被你说：“史民，那么冷，怎么又来了呢？”我马上在心里回答：“不，我在夹大衣上还披着斗篷，所以没问题。”坟墓既湿又冷。我看过水泥坚固的情形才回家。

雪芬哟，我今天和K氏去台南，把你的墓碑运回来啦。我趁便给亚姬子买赛璐珞的丘比特，给南图和南河买了投环的玩具。没有给孩子们买过玩具，你生前时常这么说我。然而当时有你在，因而我对孩子们可以比较不关心。不过，看着今天孩子们接到玩具高兴的样子，让我感觉到他们仍是没有母亲的孩子。说到台南，就和佳里一样，遇到熟人，一定会听到他们致哀悼之意的话。那同情心令我感激，但我已疲于回答，同时也受不了。因此我愈来愈怕见到人，尤其在佳里，时而去病人家，他们就会口口声声给我说："好针快折，好人快死。""一年中救千救万，天公也无面无目！""像我这样凶命人，来替伊死也甘愿！"听到这些真叫我于心不安。

雪芬哟，然而渐渐地不见人，我就会愈来愈感觉寂寞啦。为要解闷想抽烟看看，练习抽了两三次却全然无法解闷。我努力想喝你生前常弄给我的红茶，却无来由地兴奋得没办法，还有那些恶友们聚集起来，想要让我喝酒，我却完全没有那种心情。想想看，事到如今拿酒精来弄得脸发红，能让我心灵的空虚充实起来吗？然而我妻哟，我不愿光以眷恋把你送到另一个世界去。同时，我也不愿光以眷恋给我的人生画上休止符。只是今后该怎么办？我只能茫然凝望天之一隅而已！啊，我妻哟，现在你丈夫只为那些世俗人的赘言心苦，心乱而已！

四月八日（晴）

雪芬哟，昨夜也睡不着，实在糟糕。幸亏被叫起来，出诊三四次，所以还好。可是到半夜三点，因过往、今年的事，头脑愈来愈清醒，这么一来，反而令我害怕起来，凝视着睡在身边的孩子们之外，没有办法了。我心想：这样的时候有人来该多好，可是却又有不愿有人来的奇异的心理状态。妻哟，你的死如果认为是大自然变化的一小现象，这样也就算了，但其变化的现象由于发生在我身边，所以我的感应极深刻。因而我对人生的把握虽逐渐崩毁却无可奈何。说来是容易变得虚无的，但妻哟，不论如何你的墓碑，我还是得要弄好的。今天把它竖立起来了，正面刻着：

吴毛氏雪之佳墓

右边刻着你逝世之日：

昭和十七年三月二十七日

左边是你的遗儿：

星

男　南河

国

后面刻着我们的本籍：

将军

我一想到你的存在化为一块墓碑，实在悲哀无以复加。

四月九日（晴）

雪芬哟，今天你二哥为了看你的坟墓，从台南来啦。中午，像你往常所做的拿出没喝完的威士忌款待他。饭后，也请J君来，各人让一个孩子坐上自行车向你墓地去了。孩子们不畏热天，非常高兴这次兜风。我想：你的坟墓明天大概可以完工，它终于成为佳里最好的佳墓啦。虽然也是朋友的建议，为了插花，我把那个安平壶埋在你的墓庭。同时，还是由于朋友的好意，把两棵龙柏种在两旁。在这样缺乏材料的时代，能用到那么多材料都是托友人之福的。而我之所以毫不加思索地接受它，是想为你尽最后的心意。妻哟，如果你活着，也许会说：“用不着为我那样做呀。”然而，妻哟，结果我还是非那样不可的。

四月十日（晴）

雪芬哟，前些日子（大概是你的葬礼之日吧）要把衣服的口袋查一查时发现缝成一寸半四方的布块。我以为是什么就放在抽屉里。但昨夜又看到它，所以就把它解开来看。白布缝着写上怪字的红布，显然是“符仔”。如此这般调查而又探究的结果，才明白那是你生前给我的“爱之符”。妻哟，也许我对你的爱不够，但从没对你感到讨厌。而且受过相当教育的你要这么做，这是为了你专心一意之爱的缘故。如今我不能给你“爱之符”了。啊，妻哟，然而我心上永远镂刻着“爱之符”。我想因这事可能会睡不着，所以决定一如往常一样叫枨旺来一起睡，但还是睡不着，好不容易才睡着就又做了梦。

最初的梦是我嘴里残存着稻壳，漱口也不容易去掉，而你拿雨水来就轻易地去掉了。因而醒来，却又做了一次梦，就是我的左上颚缺了一大块，请O先生给我填补，但他不为我做。后来取出自己填塞的棉花束看，却带着脏东西。我猛然醒来一想，想起你死后第二天请O先生来给你的口腔填上棉花的事情。啊，妻哟，你衔着那棉花到另一个世界，不能说话而在痛苦吗？虽然我绝不陷入迷信而服从科学的行为，但向来道教的因袭，有些地方伤到我先天性的良心。今天是你死后二旬（两星期），说是可以不供“孝饭”。那且不去管，我还是上香，供奉三朵茉莉花以代饭。这花是现在在庭院里盛开的各种花中，我最喜爱的花之一。啊，然而妻哟，你从我胸怀离去，已经过两星期了吗？我心灵的创伤愈来愈严重。

四月十一日（阴）

昨夜K君来，为我把M杂志的佳里专号原稿弄妥了。由于搞到三更半夜，我便睡不着啦。睡不着这件事，对我来说总是最可怕的。我想绝不是因为这个缘故，但朋友每次来都说我变得消瘦。同情我而说我要多吃饭。雪芬哟，我不是因为不吃饭才瘦的。我想着：如果可能，我要一心一意教育孩子来代替对你的眷恋和悲叹。然而这种努力还是不行。孩子们比较会听话，但我的心怎么也不听话。虽然人们都说你薄命所以才早死，但却不了解我这颗心沉重的痛苦。也许你反而是幸福的。啊，我妻哟，幸福和不幸和一切的一切，好像已经与你无关啦。

四月十二日（晴）

做完今天一天的工作，我就要睡了。让孩子们准备好明天上学的东西，但只有一件遗憾的事情。

雪芬哟，那就是要和你讲话的事。今天是星期天却没有人来访，所以我独自去墓地。因为你的坟墓昨天竣工，因而今天起修筑坟墓的人也就不在，我想你一定会寂寞就来了。加上我担心调皮的牧童和不够谨慎的农夫会不会弄脏你的坟墓。日落前我踏上归途，但一路上我的心变得愈发沉重。为什么世界忽然这样起了变化？为什么人生骤然这样地沉沦？啊，我妻哟，我总是照这样行吗？我现在的心理状态不是一种对生之挣扎吗？当然，因为我有五个爱儿，所以我肯定生，又执着于生。然而如果生总是原封不动的话，反倒无意义，因而等于空无。已经肯定了生的我不是该赋予这种虚无感以什么东西才是真的吗？那不是只有和虚无拥有类似的生之别的现象，这种赋予才有可能吗？

四月十三日（晴）

雪芬哟，今天你表姊阿娥来访。虽然她在你死后来过两三次，却总是不忍谈话就默然回去。今天也边哭着给我说她去六甲见你母亲的事情。据说：母亲过分悲叹，从那以后一直病卧在床上，同时连那寡言的你哥哥都放声大哭。听说你一发病就说：也许会死，所以要快点打电话到佳里叫我去，你还担心即使有汽车也赶不上，阿娥哭着告诉了我，还说：你如果不回六甲，说不定就不会有那样的事情。啊，如今发这种怨言又有什么用呢？一听到这样的话，我就想立刻去看你的坟墓。因此只让南图坐上自行车要去，可是其他的孩子也都说想去。尤其南河边哭着还边把手搭在自行车上央求。“同样是自己的孩子，为什么要那样差别呢？”生前，你曾三番两次这么说着，责难过我的。“因为阿图比阿河小，而且你死去以后，他格外别扭的。”我在心里这么嗫嚅着，向你坟墓鞠躬。

雪芬哟，你不是绝代美人，人格更不是完全无瑕。然而，你实在是个非常好的人。我只爱你的人性。听说你对你妹妹说过好几次我是个“好丈夫”。可是我未曾对人说过你是个“好妻子”。现在一想：真希望就是一次也好，把这样的话借人家的口对你说一下。啊，今晚我是否能睡得好呢？昨夜被老鼠搞惨了。即使睡不着，也很想多梦见你。自你死后，常常有街里的人们来给我说常梦见你。怎么我不能多梦见你呢？我是偶尔梦见的，但那都是葬礼，坟墓的事情之类的，那样的梦已经够了。

四月十四日（晴）

雪芬哟，由于自你死后，早起变成我的习惯，所以工作自然也就收拾得快。像你死去之前一样，工作也忙碌起来。现在是近晌午，但我能这样安静地思索各种事情的时间是罕有的。就因为有这种时间，我才能想起；昨天我把南图载在自行车上一起去你坟墓的事情。可爱的南图把那小手往自行车把手一搭，就用幼稚的话语和我问答。

“爸爸，要去山上吗？”

“是呀。”

“爸爸，山上有妈妈的墓哪。”

“是呀，阿图喜欢妈妈？”

“喜欢妈，太喜欢哪。”

“阿图，想见妈妈？”

“想见呀，可是妈不是死啦？”

“妈妈死了，所以已经不回来啦。”

“可是，不是在墓里吗？”

我这个当父亲的先掉下了眼泪。野地静静的，时而听见鸟声。远处看得见农夫的身影。今年刚刚五岁的南图也哭了起来。

“爸爸，不要哭，不要！”

四月十五日（晴）

雪芬哟，现在已过午夜十二点。直到刚才J君和K君来，和父亲在一起谈话。好像忘记一切似的互相谈论《三国志》和《水浒传》。一直到谈完他们要回去时，我有一种恰像你和孩子们睡着的错觉。把他们送到门扉，回到房间时，我更加感到孤独。加上孩子们都安静地休息着，也就愈发感觉到孤独感。啊，妻哟，我今后还要忍受它。今天道士拿你的“纸厝”来啦。是小而雅致的三层洋房。我就是现在也尚未相信“天堂”和“地府”的事情。因而并不相信烧掉这个“纸厝”就会成为你的。然而你母亲说：无论如何要叫道士为你造“纸厝”。为了安慰这位失去年轻女儿的善良老人，我怎样做都可以，才给你造了“纸厝”。因此吩咐：既然要做，至少做洋房，还要省去无谓的装饰。为什么呢？因我想起你生前常和我计划要盖洋房的事。妻哟，啊，现在只能给你造纸洋房，却别无办法，我感到羞愧。

四月十六日（晴）

雪芬哟，我们庭院里的黄蔗花现在盛开着。我把它折下一束去拜你的墓。两天没去你坟墓，却觉得仿佛过了好几天。我今天也有许多事要和你谈，孩子们的事，工作的事等等。然而你永久沉默，不给我回答，只有黄蔗花徒然飘散着芳香。而你的墓石已经变得坚硬，寒冷地伫立着而已。啊，我妻哟，不能对你说话的我的心愈发脆弱，愈来愈荒芜！

四月十七日（晴）

雪芬哟，今天为要祈求你的冥福，请道士来举行“做功德”。这虽然也是因为你母亲的要求，说来是我服膺“蒙生人目”这一口号啦。然而道士做的事一点都不严肃，因而我也要怀疑其教义了。是以请他们尽量做得简单、到晚上十一点就结束。我想：在这种时势里骚扰邻居们是不好的。“做功德”时，从你娘家来了你二哥和爱妹。晚上和他们谈你在世之日的回忆，谈得忘掉夜深沉，因为和你的亲人谈话就像和你谈话之故。

四月十八日（晴）

今晨很早就起来，在道士指导下举行“除灵”仪式。首先烧了“纸厝”后，从安置“灵位”的正厅做“撤桌”。我把“神主”和相片移到房间里的佛坛。完毕之后，进行大清扫，就这样一切行事算是告了一段落。下午起有称为“谢土”的仪式，那是给照顾归土的故人供奉东西的。我想趁便举行墓前祭，招待前些日子以来承蒙关照的朋友。以曾经历过佳里青风会和“盐分地带”的人们为中心来了三十多位青年男女。妇女们坐牛车摇晃着去，男人们走路赴墓地。那景象是富有诗情的。到达墓地，首先由妇人们献花束，之后，大家上香，接着大家围着坟墓拍了张纪念照才踏上归途。黄昏时分，在我们静寂的小雅园开始小规模的燕席以感谢他们的辛劳，同时重新来了个互相的盟约。雪芬哟，我们真是得到好伙伴。他们和我们一起悲哀，一起高兴，远的来自台南、麻豆，令我感激不已。而且你的兄妹，你的女友们也都来了。你也该满足吧。

四月十九日（晴）

今天子良庙的林家有结婚典礼，来招呼过几次，但我没有心情去。雪芬哟，如果你在的话，你一定要去，我也会一起去的吧。然而从昨天就来的你二哥和爱妹说要去，所以只让孩子们一起去了。傍晚，南星和朱里由于明天要上学就回来啦,但听说南河和南图就那样和碧梅去六甲。他们非常喜欢接近她，所以放心让他们去的，可是一旦这些幼小的孩子不在身旁，还是令人寂寞的。这时，昨天没能来的 M 君从台南带照相机来，他不论谁来都不平地说：不像你在世时的宾至如归，所以觉得寂寞。因而独自到房间去给你的佛坛上香，说是从心底哭了出来。后来我回去后，M 君和我一起访问那位 K 氏，然后再一起去拜你的坟墓。你坟墓的设计人 K 氏很乐意站在墓旁拍了照，我作为在墓前哭泣的男人被拍了几张。

四月二十日（晴）

这两三天不知怎么搞的，街里净在传说我们要把老么亚姬子寄养人家，甚至还有直接来交涉的家伙。啊，雪芬哟，我们生的最小爱儿，怎么可以寄养人家呢。我就是出诊也会背着她的。不过，我妻哟，我的寂寞不只这样。今天晚上朱里自个儿想要缝上脱落的扣子。看着她用左手没把握地拿着针，一种甚于寂寞的悲悯，我真想哭。

“阿里呀，会刺到的，别弄！”

“但是在学校里会被笑哪。”

“你是一年级，所以没问题，不久，阿姑会从东京回来的。”

“阿姑不上学了吗？”

“是呀，为了要照顾阿里你们。”

“啊！好高兴。”

雪芬哟，我忍受不了这份寂寞，拿出相簿来看。从过往在天桥立[①]拍的最初的相片到现在你的坟墓的相片都翻来看了看。啊，新婚时代的相片，还有被孩子们围绕着的相片，你的脸显得太清晰，而且总是向我微笑着要呼唤似的。啊，我怎么还有勇气再翻开相簿呢？！我终于想听新闻报道来改变一下气氛就开了收音机，然而收音机播放的不是新闻而是“军歌”。啊，连勇敢的“军歌”，听起来都有点哀愁啊！

四月二十一日（晴）

今天南星从学校回来就诉说肚子痛。一了解是在回盲部有压痛点。难道是阑尾炎？虽然我不愿这样想，但自从你死后，总之我对病动辄就感到不安。幸好打针，蒙上湿布，到要睡觉的时辰就痊愈啦。雪芬哟，绝不要担心，像你在世的时候一样，我想让南星全勤，也许能够全勤，但无法精勤是遗憾的。反而朱里比较做得好，从学校一回家就会自己规规矩矩地复习功课。只有这孩子连个性都像你，我这么一想，就要疼她入骨了。今晚起似乎感觉得冷，我担心去六甲的南河和南图，不过，他

---

① 日本三景之一。

们的姨母会好好照顾他们吧。

四月二十二日（晴）

今天下了今年以来真正像雨的雨。对农民来说是甘霖，对台湾来说是膏雨。一下雨，我就会闲，所以下午独自去郊外。雪芬哟，你的坟什么时候看都是冷冷的石头之墓。可是，今天被雨冲洗得雪白的瓷砖美丽地反射着光芒，野地也因为雨，万绿显得清新。啊，我妻哟，只有我的心不管怎么洗也不能变得清新是为什么呢？我决定把从家里带来的黄蔗花、熏微花、百日草的花束献给你，就急忙回家。我想与其在你的墓前哭泣，回家照顾孩子才是真的。可是，回到家，我阴沉的脸依然不变，朋友们用各种方法安慰我，但我没搭理。傍晚时分，砖瓦会社的 K 氏想出个办法提议在他家里作一夕谈。我这才同意，像往常与 K 君和 C 君做伴去了。K 氏宰了鸡，拿出他珍藏的美酒极力款待，因而完全忘记夜已阑。一醒悟就立刻回家，但是，啊，妻哟，往常的你的身姿还是看不到呀。

四月二十三日（晴）

这几天来，一到夜晚就被老鼠闹得睡眠大受妨碍。雪芬哟，我记得你是鼠年生的，说不定是你的化身，我这样联想着幼少时听到的传说。于是打开电灯，拉开两面纸糊的隔扇一看，老鼠们猛地逃走了。即使不是你的化身，安静地待着，我既不会追，也不想杀他们。然而老鼠逃开后，夜只沉沉地深下去，我的心只是郁闷得不知要做什么啦。好不容易心才静下来，这回却又产生为什么你死去的疑问。当然你是处在要保持你生命的条件极恶劣的状态里的。你哥哥虽是医生，对亲人危笃却只能茫然不知所措吧。同时，这地方有名的流行医R医师要克服这个恶劣条件也是太无力了。最明白你身体的我赶到时，你已病入膏肓。妻哟，还有使你早死的原因，我也知道它。你真的为家庭耗尽心血了。

四月二十四日（晴）

现在是深夜几点呢？一如往常还是个睡不着的夜晚。加上老鼠弄出格格的声响，我的眼睛愈发亮起来，没办法，我决定再爬起来写日记。由于今天是“国民”学校家长会、医师分团委员会、壮年团的每月例会，差不多半天都花在外面了。幼小的孩子们哭着要父亲是无可厚非的。没有母亲的他们一定把父亲看作是人间最爱的亲人。总之，时间晚了才归去，孩子们却都香甜地睡着。我完全放心进入蚊帐一看，啊，他们脸上不是留着泪痕吗？而且蚊帐里不是飞进去许多蚊子吗？雪芬哟，我像你往常那样把鼓着肚子的蚊子拍打死啦。啊，我手上沾满的鲜血是我们孩子们的血，同时，不也是你留下来的可贵的血吗？妻哟，原谅我吧。

四月二十五日（晴）

今夜终于未能一睡，因而把沈复的《浮生六记》和苏曼殊的《断鸿零雁记》读到今晨六点钟。这两本书是台中的C君为安慰我的寂寞，昨天寄来的。然而雪芬哟，我们的生活既不那么浪漫，也不是那么伤感的。即使如此，丧妻的男人的心理状态岂非不可思议地一致吗？昨夜那样睡眠不足，但今天却比较有精神工作是我最近显著的身体变化。今晨参加一项祭奠。在那么强烈的太阳下站着，却也无所谓。下午，我督促用人清洁睡的地方，打扫庭院，一点也不觉得疲惫。雪芬哟，我能这样干劲十足地工作，完全是为要保持你生前我们家庭的状态。例如我不愿孩子们由于妈妈死就穿得不清洁，我自己也不愿由于妻子死去，对外的活动就变得迟钝。

四月二十六日（晴）

初夏之夜仍然窒闷。我的失眠症可看作是一种神经衰弱。一到夜晚便连自己要干什么都不知道啦。试着把收音机转开，就流出北管来了。雪芬哟，虽然人家说你是比较新的女性，但我记得你非常喜爱中国古老的音乐。说到音乐，近来寿坤搬出那老唱机听着音乐。我们苦心弄到手的唱片，还是以往昔一样的旋律转动着。但听它的人在哪里？那 Jocelyn① 的摇篮曲是南星生下来不久后买的。我想起听了贝多芬的《小步舞曲》，我俩相拥而泣。然而这个回忆反而只会加重失眠症而已。

四月二十七日（晴）

雪芬哟，今天是你死后满一个月。我变成鳏夫也已一个月。想来，一个月前的今天谁能想象会那么快就变成悲剧的主角呢？为要纪念这一

---

① 指法国作曲家 Berceuse de Jocelyn。

天，我把南河、南图从六甲叫回来，同时，碧梅之外，也把刚从东京回来的你幺妹碧霞一起叫来啦。阳光强烈程度稍减几许的傍晚，五个孩子为首，还有你的两个妹妹一起去拜你的坟墓。我起初打算不让幼小柔弱的亚姬子去，但一想起你生前对她的眷爱，还是让她去了。孩子们无心而快乐地在你寝棺的坟上面玩着，你的两个妹妹把花束献在你墓前。我眺望着正在西沉的夕阳，再一次重新思考大自然的法则。

啊，妻哟，你还是随着春天去了。晚上，我像你生前常做的，为你妹妹们准备了小小精致的晚餐。请人做了说是会使人清心明眼的甲鱼料理，可是每一下筷，心情却逐渐暗淡下来，眼睛愈发阴郁起来。

导读

吴新荣，号史民、兆行，另有笔名吴史民等，一九〇七年生于台南县将军乡将军庄，一九六七年逝世。他于台湾总督府商业专门学校预科就读时，受英语老师林茂生启蒙，其后负笈日本，东京医专毕业后，回台接掌叔叔的佳里医院。一九三三年组织“佳里青风会”，次年成立“台湾文艺联盟佳里支部”，并支持杨逵创办《台湾新文学》，后又加入“启文社”发行的《台湾文学》。战后因二二八事件蒙难百日，一九五二年主编《南瀛文献》。著有《吴新荣全集》《吴新荣回忆录》《吴新荣选集》等作品。

吴新荣一生从事创作新诗、随笔、传统诗，以及文献研究，其中以散文《亡妻记》饮誉文坛。《亡妻记(一)——逝去的青春日记》是一篇悼念亡妻的散文，于《台湾文学》发表时，被黄得时誉为台湾的《浮生六记》。本文以日记体，从三月二十七日赶赴妻子娘家抢救到四月二十七日，整整叙述了三十二天的追思心情。

这些日记仔细记载他为亡妻处理后事，包括告别式、埋葬、修筑墓园，以及处理各种烦琐习俗和五个孩子的生活情形，呈现了一个丈夫与父亲对亡妻的挚爱、对孩子的关怀，让人读后为之鼻酸。

——羊子乔

小太阳

子敏

二月的雨，三月的雨，使我家的墙角长出白色的小菌，皮箱发霉，天花板积水，地上盖满一层访客的友谊的泥脚印。和平西路二段多了几个临时池沼，汽车过去，带着沙沙的溅水声。湿衣服像一排排垂手而立的老人，躲在屋檐下避难。自来水畅通了，因为上天所赐的水已经过多。湿淋淋的路人，像一条条的鱼，严肃沉默地从篱笆墙外游过去。

这是台北的雨季，是一年中最缺少欢笑的日子，但是我们的孩子却在这样的日子里出世。她已经在这潮湿的地球上度过了十五个整天。她那乌黑晶莹的小眼睛，却还没见过灿烂的太阳、明媚的月亮。她会不会为此觉得这世界并不美？我回忆那天，孤独地坐在台大医院分娩室外黑暗的长巷里，耳朵敏感到可以听到令自己心跳的声音。我看到长凳上那些坐着等候知道是男是女的丈夫们，我觉得他们是乐观而强大的。他们用不着分担太太的阵痛，他们享受上帝赐给男人的这种福分，并且还要挑剔，希望女孩子都诞生在别人的家里。跟他们比较起来，我是悲观而软弱的。虽然美丽的护士劝我离开占用了一整天的长凳，出去吃一顿晚餐，但是我匆匆去来，似乎花钱吃了一肚子干涩的旧报纸。我在祈祷，偷偷画着十字。我想到夏娃把智慧之果放到亚当嘴里，上帝诅咒那个爱丈夫胜过畏惧上帝的妇人：“我必多多增加你怀胎的苦楚，你生产儿女必多受苦楚！”我多么害怕。

于是我回想我们恋爱时候如何试图瞒过一些多年的朋友，偷偷安排每一次的约会。我又想到婚后那种宁静的日子，我在写稿，她轻轻从背后递过来一杯热茶，宽容地给我一根她最讨厌的香烟。我想起我们吵嘴的时候，我紧皱的眉，她脸上的泪。我又想起我们欢笑的日子，在书桌上开菠萝罐头，用稿纸抹桌子。她已经成了我生活中的一部分，我也成了她生活中的一部分，但是分娩室的门把我们隔开了。

我听到分娩室里有许多痛号，我把每一阵心碎的呼号都承担下来，当作是她的。每一个新生婴儿的啼哭，我都希望是她脱离痛苦的信号。长凳上只剩我一个人了，我在恐惧里期待着。最后，护士推过来一张轮床，从我身边经过。她安静地躺在床上微笑着，告诉我：“是一个女的，你不生气吧？”我背过脸去，热泪涌了上来。

我们的孩子就这样来到世上，她有她母亲的圆脸，我的清瘦，但是在我们心里，她已经很美啦，我们不敢要求更多。我们在雨声中把她从医院接回我们的家，一个潮湿狭窄的小房间。这个小小的第三者，似乎一生下来就得到父母的钟爱，在她噘着小嘴唇甜蜜睡觉的时候，在她睁开乌黑的眼睛凝视灯光的时候，在我们发现她脸上有颗小黑痣的时候，那种生活的温馨！

但是她也给我们带来现实的生活问题。她的小被窝里好像有一部小印刷机，印出一份一份浅黄潮湿温和的尿布。我们一份一份接下来，往脸盆里扔。因此，阿钏的眉头皱了，阿钏的胳臂酸了，阿钏的脾气坏了。她的印刷机使我们的临时用人吃不消了。

我们的卧室开始有钉锤的响声，铁丝吊起来了，一道，两道，三道，四道，五道，六道。她的尿布像一幅一幅雨中的军旗，声势浩大地挂满一屋。我们在尿布底下弯腰走路。邻居的小女孩来拜访新妹妹，一抬头瞧见那空中的迷魂阵，就高兴得忘了来我家的目的。书桌的领空也让出去了，我这近视的写稿人，常常一个标点点在水上，那就是头上尿布的成绩。

一切都在改变，而且改变得那么快。我们从前那种两部车子出门，两部车子回家的公务员生活乐趣被破坏了，但是我们却从另一方面得到了补偿。我们可以捏捏婴儿的小手，像跟童话里的仙子寒暄，可以抚摸她细柔漆黑的发丝，可以看她在澡盆里踩水像一个小青蛙，可以在她身上闻到婴儿专有的奶香味儿，在她那一张甜美的小脸蛋儿前面，谁还去回忆从前的旧乐趣?

这小婴儿会打鼾，小嗓子眼儿里咕噜咕噜响。她吃足了奶会打嗝，会伸个懒腰打呵欠，还会打喷嚏。我们放在床头的育婴书上说这一切都是正常的。我们享受她给我们的一切声音，这声音使我们的房间格外温暖。我们偷看她安静时候脸上的表情，这表情没有一丝愁苦的样子。

她占用我们的半张床，但是我们多么愿意退让。她使我们半夜失眠，日间疲惫不堪。我们却觉得这是人间最快乐的痛苦，最甜蜜的折磨，但愿不分昼夜，永远紧拥她在怀里！

窗外冷风凄凄，雨声淅沥，世界是这么潮湿阴冷，我们曾经苦苦地盼望着太阳。但是现在，我们忘了窗外的世界，因为我们有我们自己的小太阳了。小太阳不怕天上云朵的遮掩，小太阳能透过雨丝，透过尿布的迷魂阵，透过愁苦灵魂坚硬的外壳，暖烘烘照射着我们的心。

我多么愿意这么说：我们的小太阳不是我们生活的负担，她是我们人生途中第一个最惹人喜爱的友伴！

和 谐 人 生

子 敏

一个人能够快乐，当然有种种原因。不过，不管那原因是什么，都必须建立在“和谐的人际关系”基础上，然后真正的快乐才能确立，才能维持长久。

《泰西五十轶事》里，提到英国“笛河”边一个快乐的磨坊主人。他快乐得整天唱歌。国王问他为什么能够那么快乐。他的答复是：他喜欢他的工作，喜欢工作的环境，喜欢那条河，喜欢他的家庭，一句话，他喜欢“他就是他”。这是一种“知足常乐”的人生哲学。

“知足常乐”是很好的人生哲学，对安分的笛河磨坊主人很适用；对奋发有为的事业家也很适用，因为这种哲学能使他在遭遇失败的时候不气馁。

不过，我注意到一件细微的事情：如果那磨坊主人跟太太吵了架，或者跟邻居不和睦，他的情绪就会相当低落。尽管他打起精神来唱歌，那歌声必定会带着点悲愤意味，使他那“知足常乐”的人生哲学发生动摇。他给人的印象，必定是“知足而不乐”。可见“人际关系的和谐”多么重要！

我有理由相信，他的“知足常乐”人生哲学能发出光辉，主要原因是：他那哲学是建立在“他跟周围的人相处得非常和谐”的基础上。

陶渊明是一个“回到自然”的杰出诗人，也就是通常我们所说的“与自然相处得非常和谐”的人。不过，我注意到，陶渊明对生活在田园间的纯朴村民，态度非常友善亲切，彼此相处十分和谐。他所躲避的只是“某一种环境”，并不是“所有的人”。

如果陶渊明因为附近人家的狗，咬了他家里养的鸡，气愤起来，跟村人吵了一架，那么，恐怕就写不出“狗吠深巷中，鸡鸣桑树颠”那样生动有味的句子来了；那么，他就会觉得“回到自然”并不是一件十分愉快的事。宁愿再回到彭泽县的任所去了。

一个人，不管他有多高明的人生哲学，不管他有多大的成就，如果他跟周围的人相处不来，如果他的“人际关系”非常恶劣，那么他就不可能有真正的快乐。

宇宙间天体的运行，是一个最佳的例子。我们现在所能看到的星球，都是已经达成“和谐关系”的星球。那些互撞的，摩擦的，早就已经消灭，就像贾宝玉所说的，化成灰了。我常常认为天上的星球是快乐的，因为它们“存在”在一个和谐的宇宙里。

有一次，我在电影里看到一个美国“父亲”伸手搂着他儿子的肩膀，很亲切地说：“我们是朋友，对不对？”

我们中国人的观念里，朋友是“五伦”之一，是“人跟人之间的一种关系”。如果把“父子关系”说成“朋友关系”，显然是弄错了“伦”，是“不伦不类”的了。但是在“英语世界”里“朋友”是人跟人之间的一种“最和谐的关系”。父子之间能达到那种“最和谐的关系”，当然他们就是“朋友”了；如果达不到那种和谐的关系，那么他们就只不过是“父子”罢了。

比较两种略微不同的语意，并不是我的目的。我想说的是：人跟人的关系如果很“和谐”，就会产生一种快乐。这种快乐，对一向无法脱离社会生活的人类来说，几乎是其他一切快乐的基础。

要达到人际关系的和谐，并不是一件很难的事情，关键全在一个人“对人的态度”上。凡是能够重视别人优点的人，他的人际关系通常都是良好的。人际关系恶劣的，通常都是那些重视别人缺点的人。

你所遇到的人，不可能一下子就成为你的朋友，除非你“抓到了他的优点”。你所遇到的人，很可能一下子就成为你的敌人，要是你很介意他的缺点的话。

有一个朋友跟我提到一个实例。有个司马先生，天生属于“没有一个人不讨厌他”那一型。跟他接触过的人，都认为他“整个人充满了叫人无法忍受的缺点”。大家认为他傲慢、粗暴、自私、固执。可是这个“没有朋友的人”，却真挚地喜欢一个司徒先生，原因是司徒先生对司马先生的“炒得一手好牛肉”非常赞赏。结果当然是：司马先生常常“像一个好太太似的”，把司徒先生请到宿舍里去，吃他亲手炒的牛肉。

司马先生费时间，费精神，一次又一次地炒牛肉给司徒先生吃。他们两个人一见面就谈“炒牛肉”，成为一对亲热的“牛肉朋友”。

对其他人来说，他们的世界里“存在”着一个“令人讨厌的司马先生”。可是对司徒先生来说，他的世界里并没有那样的一个人。他的世界里所“有”的，是一个“精通炒牛肉的司马兄”。司徒先生的世界，比别人的世界美得多。

一个懂得跟人和谐相处的人，总是把他周围所有的人的优点拿来织成一幅“快乐人间图”。一个不懂得跟人和谐相处的人，正好相反，他把他周围所有的人的缺点，拿来织成一幅“人间地狱图”。

以容忍的态度跟人和平相处，稍微带点儿消极的意味，那不能算是真正的“和谐”。真正的和谐是你能“生活在别人的优点里”，自自然然的，不带一点勉强的意味。

在我年轻的时候，有一年，我们租了一位六十岁华侨的楼房的二楼，做我们的住家。他老人家很严肃，很难惹，对房客限制很多。父亲劝我们行动要谨慎，不能得罪严格的房东，免得惹他下令搬家。父亲很喜欢那个干干净净的环境。我们下楼出门，一定要经过房东的客厅。我看他每天拿着一张报纸，很仔细地读，态度非常严肃。因为有父亲的嘱咐，我不敢去惹他，总是轻轻地，匆匆地从他面前溜出门去。好几次，我回家的时候，听见他对父亲训话：孩子不可以这样，孩子不可以那样。

有一天，我回家，正好他看完报纸站起来，跟我面对面站着。我不能不想一句话跟他招呼招呼。结果我想出来的，也很自然的，是：“今天有什么消息？”

“哪一方面的？”他说。

“战事。”我“任选”了一样。

他指一指对面的椅子，要我坐下，然后他，几乎可以这么说，把整张报纸的内容都告诉了我。我等于听了整整五十分钟的新闻报道。

友谊就是这么建立起来的。那相当“无情”的环境也改变了。我们的关系是和谐的：他说报纸，我听报纸。他本来是孤孤单单一个人，所以他“不喜欢”孩子。现在他有“孩子”了，就不再喜欢“孤单”。

快乐人生需要种种条件，但是绝对不能缺少和谐的人际关系。我似乎已经得出一个结论：不要对任何人起恶意，应该对所有的人怀善心。这是林肯说的。

导读

子敏，本名林良，祖籍福建同安，一九二四年生。他是台湾著名的儿童文学家、语文教育家，同时也是杰出的散文家。著有散文集《小太阳》《和谐人生》等八册，儿童文学集《小纸船》等，加上翻译作品《圣诞礼物》等近两百册。曾获中山文艺奖、信谊基金会儿童文学特别贡献奖、金鼎奖特别贡献奖等奖项。

“子敏”写散文，“林良”写儿童文学，左右两手都令人瞩目。其中《小太阳》一书是他最受推崇的散文集，在这本确立子敏散文地位的书中，他将一个现代男人从结婚、成家，到成为人父的见闻感受，用独特的流畅笔法、诙谐笔触，栩栩如生地刻画出来，既书写了一个小家庭的生活点滴，更写活了一个有耐心、有恩慈的现代父亲的形象。

《小太阳》这篇散文写一个新生命的诞生和一个父亲迎接第一个女儿降临人世的心情，在清亮洁净的语体运用下，作者也以相当感性、诙谐的语调，刻画入微，叙述新生命到来之后一个小家庭的种种变化，这些变化带来忙碌，却也带来甜蜜；加上作者迷人的白话韵味，整篇作品更加耐人寻味。

《和谐人生》则是一篇说理文章，子敏延续他在《小太阳》中建立的语言风格，要言不繁、要义不赘地透过轶事、格言和个人人生经验的娓娓以道，阐明人际关系的和谐之道，词简意赅，启发性高，为现代说理书写别开一条蹊径。

——向阳

他乡与故乡

张拓芜

那么一丁点儿大，那么个既干又瘦又矮小的孩子，十二岁便不得不出外流浪。这一流浪，竟流浪了整整四十年。对故乡的记忆，只能以“依稀”两个字形容，依稀是，又似乎不是；但我的怀想却是与日俱增，无日不在念中。

今年三月去了一趟中南部，还特地去了鹿港，我们三个人（与诗人张默、碧果）都患着浓烈的思乡病，去鹿港看看，只为了那儿还保留着大陆风格的古老建筑，但我们没有获得什么，因为这是福建漳、泉的建筑，不是燕云，也不是江南的。（碧果是河北人，张默是安徽无为县人，和我是大同乡。）但回途中三个人的心都是沉甸甸的，话也懒得说一句，连抽烟都不似平日那么香醇够味。只因为，我们被浓浓的乡愁层层包裹了。

即使不像，也有那种似曾相识；至少不隔着一面海，打着赤脚就可以走回去。虽然从福建到安徽，要翻过千重万重山，要跋涉千里迢迢路，但总比隔一面海、隔一个世界近多了。

我没有福气到过很多地方，从安徽出生，也只不过江苏、浙江、台湾三个省份而已，可说是贫乏而寒碜。

到台湾来已经超过三十年（我于一九四八年三月五日来台，十月间回去；一九四九年三月间又只身来台），到过的地方不少，从基隆算起，一直到林边，几乎每一个大站都住过，每一个小站都停过；而以台北住得最久，高雄、凤山、台南次之。而给我最多温馨，最多怀念的，却是一个小小的村落——凤山厝。

凤山厝是楠梓到旗山的必经之处，出楠梓街道不过二三里路，客运车在这儿有招呼站。

这是个小村落，居民不过百十户人家，没有什么街市，只不过几家冰果店和理发店而已，是个平凡、朴素的小村落。

一九五六年到一九五七年春天，我们住在这儿。这儿的建筑是本省农村的标准型，“U”字形的三合院，当中是块水泥地晒谷场，前面有个小池塘。

凤山厝离高雄、凤山都有一段路，客运车的班次少。吃了晚饭后，是段空档，大家便在附近闲逛，认识了不少村民，当地每有拜拜，总会把我们从营房一批批拉了去吃一顿。我们的回报是：当康乐队来劳军，就先摆好小板凳挨家挨户去请。

我和第二连的几个认识了钟炳辉先生，我们都称他一声“阿叔”。

阿叔家境并不宽裕，却热情好客；阿婶待我们如子侄，杀了鸡鸭，腿都留着给我们。阿婶无所出，领了她妹妹的女儿来养，那时读五年级，功课很差；我的姓名三个字她只认得一个张字。阿叔叫我替他孩子补习，但我只能补习国文，五年级的算术我就不行。他家离营房近，晚上随便一散步就到了。那堆人中，也唯有我多认得几个字，他们都是驾驶兵，这个差使也就落到我肩上了。

二十多年前，还是个小伙子，兵龄虽已不小，却仍然在做梦；阿叔认为我该结婚了，便主动四处为我物色对象，那光景，我是个中士驾驶士，那几文微薄薪饷，只够花一个星期的，哪能养家活口？而且上级有规定，军人结婚至少二十八岁，我还差一截；这是我的致命伤。阿叔说，生活不用担忧，他可以负一半的责任，唯有到二十八岁才能结婚的规定，他没法度。

阿叔年事已高，人丁又少，五分水田是替人家种，自己只有七分干田，种甘蔗；收成后被台糖公司全部收购，倒不用操心，只是人手太少，请人帮忙又划不来，那天，我们去了一个班，还开了部大卡车去。台糖公司旗山厂的轻便铁道只通到燕巢或旗山，不到凤山厝，要自己用牛车，一车车地拉，慢而费力费时，我们三个来回全部运光。本来没有这个例，但那时我是调度士，代理调度官（调度官去板桥运校受训）利用职权偷偷开了派车单。事情被别的农家知道，找村长要求我们派车支持，营长说：哪有这回事。我说有这回事，我们四〇七营和凤山厝的居民相处得很好，有拜拜就来请，如今人家有事相求，岂可袖手旁观，营长说：人、车都可以派，但没有油，总不能推车去。然而营长可没想到每个驾驶兵多少节余了一些，叫他们自己出油，不致那么小气；何况我们军民之间相处得水乳交融。我跟营长备案，交给我去办。不是吹牛，在士官间，我还算得上是有号召力的人，登高一呼，立即响应。主要的还是我代理调度官业务，官职虽小，权柄却大，全营大小车辆七十多辆听我的诈唬，将来派公差、长途、短途、指挥、业务，全凭我笔底超生。（短途没有油水，指挥车上坐高级长官，速度稍快都不行。）

两个下午把全村的甘蔗直接运到旗山糖厂，村民们一个个眉开眼笑。我们营在那儿获得很好的名声，而我是幕后策划者。

以后我们迁驻到潮州东岸，还经常联名写信去问安，炳辉阿叔识字不多，叫他女儿代写回信，他女儿那时已小学毕业，却写不通一封信，这没关系，意思到了就行了。一九四八年春天某日是炳辉阿叔的六十大庆，第一连的文书黄痴萍把这个秘密告诉了大家，到那一天大家凑份子买了蛋糕、礼品，准备给老人家庆祝一番，乡下人难得记住自己的生日，只记得拜拜的日子。

我们兴冲冲地到了，却是大门上挂了把锁，问问邻居，老夫妇俩去犁田了，他的几块田我们都知道，派人把他找回来，老人家一看来了十几个大汉，又高兴又抱歉："今天你们来冲啥？临时莫准备啦！临时莫准备啦！"一个劲儿地道歉！

把他们拥进了门，点起红烛，摆了一桌子的礼品，请他上坐，然后组成三排向他鞠躬祝贺。说生日快乐，他瞠目以对，我们改说"慢寿"他才恍然。他说他膝下无子，愧对祖宗。眼眶里闪着泪光，黄痴萍代表说："我们十几个都是你的儿子。"老人家才高兴迭声说："呷好！呷好！"黄痴萍是老广，会说几句闽南话，但不标准；只要老人家能听懂，彼此能交流也就达到目的了。

那一晚，吃了个欢天喜地、昏天黑地。在潮州下火车时，已经十二点多了，十几个小伙子，趁着醉意一路唱歌走回东岸营房。

我们这一群都是无家可归的人，从离家当兵就没有再享受过亲情，今天晚上享受个够。睡在床上却怎样也阖不了眼，我想他们也跟我一样。

我对故乡的印象模糊，长年漂泊，到处为家，哪里是我的故乡呢？凤山厝应是我的故乡之一。

离开凤山厝二十多年了，我们这一群也都星散，不知道炳辉阿叔、阿婶近况可好？我寄上深深的祝福和怀念。今年三月，我有次南部之行，却因时间仓促，这在我生命中重要的一站竟未能去探访。但愿阿叔阿婶健康、快乐！

故乡，他乡，在我昏花老眼里已经混沌一片了。

导读

张拓芜，早期以笔名沈甸写诗，后来以笔名左残写散文，安徽省泾县人，一九二八年生。张拓芜自述六岁入后山中心小学，十岁改入培英私塾，十六岁从军，一九七三年退役后专事写作。曾获中山文艺奖散文奖等奖项。

张拓芜在早期沈甸时期的新诗创作，司马中原说是：“充满着他灵魂深处奇奥的呐喊，在那种声音里，亮着他生命的火焰。”这样的评语拿来评价他的散文也颇为合适。

张拓芜个性直率，所以文字毫无矫饰，大兵笔法应该以他为代表。《他乡与故乡》可以看出他对“地”的深刻感情。

——萧萧

第五章　某处的余温

一个某处的地方，一段时间的回忆，可能是成为生命中某个微亮的停驻点。也许当下不会照亮你，但总会留下回忆的余温。

响在心中的水声

萧白

这个夜晚，你做些什么或想些什么？

这个夜晚，上去千百年，下来也千百年，甚至更长更久的夜晚；这个夜晚，眼前是灯火，眼前是星光；这个夜晚，门前有风走过，留下一丝丝清凉，秋季要来了，夏季正在逝去。这个夜晚，这个夜晚，我的耳朵里一直响着水声，一片哗哗的水声。

你是否也有类似的经验？在清醒中眼前忽然出现一些意外的景象：一只风筝、一个陀螺、一枚生锈的铜币、一棵结实累累的银杏，或是一张笑脸、一张哭脸，有时也可能是一阵鸟叫……它常常令我困惑，不过有时候也是一种快慰，像这片水声，似是无端，必也有端，它的起端在过去的时日，一度接触，一度熟悉，一度——因为这个夜晚，一声声从沉淀的心中爬出来，从认为早已遗忘的记忆里爬出来，过去并未完全过去，至少并未彻底湮灭。

在水声里，眼前出现一条溪流，一条小小的溪流，淌出荒谷，淌过丛林和断崖和飘着炊烟的村落，淌向遥远的平原。我从上面认识蜿蜒与流失，流失的春天、夏天、秋天、冬天。大概不可能记得生命的第一口吮饮了吧？我们都经过第一口吮饮，这第一口是一切的开端，从此步上人生，从此开始去迎接未来。这第一口多半是一小匙黄连汤或母亲的乳浆，无论是黄连汤或母亲的乳浆，都是第一口，也都脱不了溪流的干系，我确是如此。居住在那条溪流边的每一个人也是如此，是以可以说第一口饮进的便是水声。似乎不必去追问何以要用黄连苦汤作开口？就是母亲的乳浆也甚少甘味，你从这上面体味到什么吗？我明白如此进行的一次传递仪式，传递着人类的“源远流长”，传递着人类生活中必不可免的遭遇。

我自然有充分理由去想这条溪流，和追溯它的性情。水声唱过去，唱过那个匍匐两岸的山村，记不记得挤挤挨挨的青色大宅院，巍然的门台上镶着兽头，一只角的兽头，他们说是麒麟，谁又见到过麒麟？眼睛里的许多事物都是不曾见过的，一点一滴来自上一代的流传，既然如此说，也便如此相信，因而过了数百年，脑子里仍有一只麒麟，甚至增添了“麒麟送子”另一种抽象。抽象由于单调而扩张，道士的符咒，乩童的颤抖，玩戏法的汉子又来了，在宅院门外，耍着刀剑，或刀劈活人，毕竟发生了一次血淋淋的惨剧，仍然不能刺醒习惯的沉迷，于是第二年又回到了原样。大门上当然有一对铜门环，门环衔在狮口里，每一次叩击响起清脆的叮当，从这声音里系着烜赫家世与时间的失落，然而没有人会去理会，至多欣赏一番满壁涂着的古老，也只是偶然欣赏，古老与不古老并不深究，他们看古老如看现在，甚至十分嗜好于这份古老。你可曾留意过屋瓦下面的演出吗？几乎每一片屋瓦下面都在上演生生死死，我记得小时候的蚱蜢、蜻蜓，用杀死的蚱蜢或蜻蜓去诱逗成群的蚂蚁，后来换了人，一个个人，每听到先一响后三响的锣声，后面必然跟随哭泣的行列。我也听熟了飞凤坡上的山风，日夜卷起沸腾的松涛，在那些年月里的年岁，还不懂得去拾松子。就算拾一次松子，也为了给炉子生火，极单纯的愿望，倒是喜欢看醉卧在青石阶上的汉子，在那些黄昏，风又走在他的身上，扇着鼾声。属于穿凉亭的凉凉石阶，夏日的午后逃避炎热的所在，通常也在此时在此地出现木莲豆腐的担子——在岛上叫作爱玉冰的。放了许多青海、红丝和薄荷水。那情形也出现在祠堂门口，和祠堂门口的井水一样清凉。那口水井却是一个故事，说是挖到相当程度时，闻到了下面人家的鸡啼犬吠、呼儿唤女声。人们相信“三十三天天上天”，既然天上有天自然地下有地，无非为了形容它的深度，因为有如此深，井水才得如此清凉，或者说它的清凉由于它有如此深度，那样地骄傲着关于一口井的成就。我们也有许多时间在向井中找寻下面的世界，其实它只是一口普通的水井，天冷时会冒热气的水井，这口水井一度被木盖封锁，在战争接近的年头，战争的另一方，曾卑鄙地在井中下过足以置人于死地的药，战争，也在那时认识了战争的面貌。搂抱庙宇中的高大石柱，搂抱着纷纷斑驳与接受一份透心的森寒，以及普遍浮现的古铜色的脸膛，以及，以及——我似乎愈想愈远了。

不过我必须说，这些并非与水声全然无关，一条溪流有有形部分，也有看不见的无形部分，无形部分也是最深刻部分，几乎川流在每一个生活在这溪边的人们的身上，它像是一些脉络，盘踞于这片土地的每一个角落。特别在这个夜晚，在我走出来许多年许多年后的夜晚，似乎一下子排开了层层遮拦，以致溪流的形象与水声的活跃变得十分裸露，我闻到它的呼吸，听到它的呐喊。我看到一堆堆三月升腾的云树，我看到烟雨漫过的草郊，我看到布谷鸟翅膀底的半裸身子，与阳光照射的天空对峙，汗水从背脊滚向泥土，犁锄响起叮当；我看到深夜的石灰窑山谷，冒出熊熊的烟火，捏铁锤的粗壮胳膊，鲜明的线条刻画出另一种粗犷的文身，你说它原始，它本来原始，原始最是流行，原始流动过忽上忽下的村道，原始留在粗糙的石板桥上，和更多的原始生根于脑袋。本来原始，我们本来是茹毛饮血的原始的后代。胡子爷爷在这时衔着长烟袋走来，双襟头布鞋跨过由水声裂开的两岸，嘴里吐一口口悠闲。如果坐下来，坐下谈谈，谈着某家某户，谈一窝猪八胎，谈新媳妇眼睛“萝卜花”，谈雷击的大樟树……蝉声、灶台上冷却的荷叶粥、长板凳、艾香、老祖母的蒲草扇，那么多的手姿，蒲草扇打出节奏，拍落乱投而来的萤火，从脚下踏死的影子，去预卜一年收成。

总是听说：“银河直，稻结实。”我常常怀疑银河，银河里有水无水？无水的银河何以叫它河？但是从此让我知道银河，知道鹊桥，知道牛女两宿，知道说“七簇扁担短拄稻桶星，念得七遍会聪明”。我希望聪明，也如是相信，于是深闭一口气，一口气念上七遍。老祖母说“白娘娘与许仙”，说“梁山伯与祝英台”，也许太幼小，不需要那么多凄哀，宁愿由自己去编织新奇，在溪边挖口小井，种小鱼、小虾，种头上飞过的云彩与天空的颜色，满山去找毛栗树，一条长长藤蔓上垂挂一只只如铃的酸梨。那年，第一次攀上狮子岩，去触摸岩石狮子的双目，岩石狮子的双目迷信着人们的幸福，那年小堂姊要出阁了，带我去的也是小堂姊。反正离不开传说，传说流行在夏夜的晒谷场上或冬季的炉边。

愿不愿听听棋盘桥酿成的悲剧？或许理应说溪流是导演，大雷雨之后突发的山洪是导演，而这一悲剧中的第一主角是我的伙伴，反正山洪来时他和棋盘桥一起坍落水中，我目睹他的升沉，一声声挣扎出呼救声，岸上投下竹竿、绳索，和牵着杂乱的脚步，无如山洪如愤怒的奔泻，难怪被说成“出龙神”了，呼救声渐去渐远，终于不见人影，叹息无补于事，事实上那位伤心的母亲几天后离开了山村，她说不愿也不敢再见到这条溪流，溪流似乎是罪魁祸首，但对它既无法惩罚又无法饶恕，走也许是理所当然。她走得很远，远去上海，然而第二年夏季却传来了死在曹娥江上的消息，据说是自己从船头跃入水中的。这条溪流正好注入曹娥江，那么他们母子会合了。至于那位活着的父亲，从此放下耕作，每天守着桥头，不用问以后了，以后传遍河水鬼的恐怖，在落日之后，我们被禁止走近溪边。虽然无人见过河水鬼，偏有红肚兜、蓝头发、绿眼睛一说。不过时间会使一切平息，不久棋盘桥修复后，溪水中又有戏水的孩子，青石埠头上，洗衣妇的捣衣声，更是一年继一年，一个清晨又续一个清晨。

生命既脆弱又顽强，一开始便是如此告白了，也恐未能如此，是以有许多时间处于绞扭，通常可以看到这两者的连锁，从这观点很容易在人们身上发现几乎属于对立的特点，一时强悍，一时驯顺，却又能捏塑成某种程度的和洽，甚至对爱恨也是一般情调，挤压到非生即死的短距离，这也正像那条出谷的溪流。对于溪流，依靠多于喜爱，它关联着生存，所以相信溪流就是溪流，不会去在意川流中谱出的水声，甚至无暇去一顾水声，我也只是偶然得着印象，那年躲避寒热——人们相信病由魔起，必须躲避，我被移到春福叔叔空下来的小楼，小楼半架溪上，一夜、两夜、三夜，窗外是老了的秋山，深静中水声在楼下哗然，我第一次深刻地认识溪流，水声则宛如唤醒，唤醒着远来远去，唤醒着挣扎与欢笑。当热去冷过，在窗洞中月落星移，水声也如挂入天空，和挂在对岸一排朽腐的旗杆上，而风总是摇撼后面的祠堂的檐角，角铃响出叮叮。

你想到过旧时祠堂在那个空间里树立的尊严吗？每一位族长都有一副严肃的面貌，他们在大厅的太师椅上一坐，下面跪着的便是待罪子孙。小时候我就看过一次这种场面，一对远房的叔嫂，好像是说通奸吧，被邻居送进祠堂，他们的手脚捆绑，脑袋低垂胸前，那位叔叔偷偷地瞄着坐在上面的胡子脸，看这些脸上的嘴如何动法，是“沉水”还是“逐出”？幸好那年那时溪中的水潭浅了，听到锦山爷爷说“请家规”。家规刻在一对发光的檀木板子上，板子对着男子的光屁股挥动，挥出一阵噼啪，板子上立刻沾上了受罚者的鲜血，而且永远无法抹掉，然后看着他跛着腿走出村口，那位女的从轻发落，掌颊之后由她回去，然而第二天发现她悬梁自尽了。从祠堂大门，正月里牵出龙灯，正月十六在九里和黄姓展开械斗，两姓结怨因一块祖上的坟地，械斗进行了百年，械斗有大有小，小时动动棍木，大时搬出真刀真枪。我不明白祠堂与溪流如此贴近，像是两条血管，插入同一个身上。自然溪流之水也视为血液了，其珍视的程度甚至胜过血液，为一注水不惜流血，于是一场命案又一场命案，都由争水而起。为一注水，父亲在夏日的滩头守着长夜，或用水车、吊桶，汲水去湿浓龟裂的土地，听到水声的花花流动，在脸上出现笑的满足。没有太多的奢望呀！归结起来几个字；一头牛、一张犁、一仓谷、一房面团团有福相的媳妇。可是又不免听到苦旱祈神的法螺，狮岩山上席棚里供着比我种在小井里还小的鱼虾，却硬说是东海龙王，从五百里外迎来，法螺呜呜，呜呜之声凄凄，这时才知人间的无奈。凑巧来一场雨，又多一分虔诚。古老有时是一种愚呆，然而也是一种凭借，流行着一句话：“靠天吃饭。”秋收后一场野台戏，溪边的野地上搭起戏台，收割后的田地布满凌乱的脚印。半夜之后，打瞌睡的戏子，打瞌睡的观众，打瞌睡的小贩，溪流的水声静了，静在走来的冬季里。

不错，这个夜晚我想的就是这些，由水声引出来的，耳朵里还是水声，水声响着，哗哗、哗哗地向远去，你想不想？

六 月

萧 白

星在窗外

我们不要那些虚幻，或者不如说更愿求得真实。

在梦中醒来，你想过什么呢？会觉得有许多事已经远去，又有许多事正在靠近，于是一次又一次惊心。

看啊！窗外是个离黎明有一百里的黑夜，在这夜的大园子里，成熟着星星的美丽浆果，它在黄昏时开始在我们的头顶繁殖，到夜尽又纷纷跌落了，不过它会再结出来的，只是不为我们。（古老的、天上的星，地上的人的说法，早不存在了，诗意退却，使和谐变调。）也许更像一些金色小花，灿烂于人类的睡梦之中，有多少人注意过星星？如果只想到是一颗星星，也就没有诱惑的力量了。

常常看到一些熟悉的面容在眼前浮动，常常有些忘怀了的景物在记忆里出现，向车上的人挥手，或者和一个人偶然邂逅；从一对瞳子里可以产生许多许多联想，心中的语言，也往往最先在目光中宣泄。我不能入睡也不愿去睡，为你开遍我的窗前而喜悦，而且也从那闪烁的眸光里，采足、饮足了长夏的忧郁，面对着这繁繁密密，有时候自己也不明白在想些什么。有些事不是用想可以解决的，于是虚幻依然存在。我不愿去祈求神，我心中的殿堂，住着自己的神。今夜的银河风平浪静，然而那弯弯的月舟，渡不了牛女两宿。骤然觉出求完美和求真实一样困难，几乎全是些捕捉不住的东西。一朵如花的星，或说星熟如果，落到我的窗子里来的，只是些微的光辉。

盼望些什么呢？在那些雨季里，群林暗自落泪，而夜枭惯于讪笑，那时便难望星星出现，你也只能兜住满怀湿意了，我攫得丰富的冷，六月来了，至少会暖和些。

我们究竟能拥有多少？在这黑夜，鼾声四起，空气中流动着木樨花的清香，星毕竟不是属于我的实体，并且也近不了那个园子，于是我们终是如此遥远，你说是有呢？还是无？

守住这个窗口吧！夜夜与星默默相对，假拟它是一片繁花，一树美丽的浆果。

林子里

走进林子，走进了日食时一样阴暗的林子。

针枞、毛杉、黑松，以及一些阔叶的樟和梓。我在这里，但我属于另一个林子，一棵小树呵！你曾在窈窕的青枫下面伫立吗？可也试图摇动那些粗壮的黑色枝干吗？——爬满常青藤或茸茸的绿苔藓的。树上将落下来什么？是惊起的五色帝雉抑或是春雨般柔绵的淡黄色松花？

迁居的栗鼠们，把一些上年贮藏的松子，投到我的脚边来。我们的幼年，却投石子，投向流水，投向奔或飞的小动物。摘到了几枚枫果，这些球状的绿色小果实，全身披挂着无数尖利的佩剑，因为它还年轻，到夏末，这些针刺会更锋利。枫果们的饱满在十月的艳阳里呈出褐黑，于是长刺钝了，且渐见脱落，然后无声地跌向地面，那时最光圆也最可爱，它已经成熟了。

而许多香甜的果子，却是没有利刺的，林子里就有这样的果子：山楂，山楂还青绿在群树的阴影里哩！秋天来时，才会熟成朱红。

假如想寻一条平坦的路，这不是公园，衣袖上染一片叶影斑斓，赤裸着脚去攀那些涌泉与溜滑的岩石吧！岩石才是彻底裸露的，千百万年的岁月刻出密麻的深皱，居住一抹夜晚的风的寂寞，而不去啜饮雨露。在浓浓的枝梢，仍是一片闪闪的明亮天空，但必须抬起头来，人类已习惯于低头走路了，甚至闭上眼睛。眼睛呵！在愚弄够了自己之后，何时能看到自以为明的自己的瞳子呢？树木们即便没有眼睛，仍总是挺胸而立，沐着天光而笑。

在林子里，就是如此，一切就是如此。

六月的眸光

沉睡是可喜的，对我来说是一种奢侈的享受。然而我得到了一次沉睡，它没有超过我每天起来的时间，只是睡得很熟——失眠能令人发狂。

我发觉自己竟是如此地激奋，仿佛活力在血管里竞走，仿佛每一个细胞都在呐喊。噢！这早晨，噢！六月正向我投出妩媚的眸光，太阳在蔷薇花上开出带露的芬芳，它是一只最大的眸，一条牵牛的纤纤藤延蠕到细竹架上去；我看到红色羽毛和黄色羽毛的朱鹂鸟，啄着葡萄架上的青葡萄。美丽的朱鹂鸟常常成群地飞进院子里来的，另外还有一种翠绿的绣云鸟。一粒粒的青色葡萄在往地上跌落，跌出碎细的耳语。

昨夜曾在这世界留下过多的睡，蝴蝶们、蜜蜂们、金龟子们，红的、白的、黄的小花们，以致它们的眸子积着惺忪。骤然想到夹竹桃的馨香如酒，于是醉落了一地胭脂。那天，我将去品饮一杯由六月的氤氲酿出的山光与潭影的绿。真是许久没有饮酒了。然而我不是一个酒徒，只是想饮。

六月有无数只眸，分居于宇宙的四壁与广阔的高圆，由同温层和水晶体的空间，投射出深邃的光耀，明亮于树叶之上、流水之上。在这早晨，视线里的蓝空欲滴。当朱鹂鸟们饱餐了葡萄，便从木架上振翅起飞，一握黄和红的小点，由近而姗姗去向远方。我奔过院中的小径，那些可爱的眸光，随着身子的移动而旋转；林中的牧子在吹笛，向日葵拉开狂笑的脸。我是睡足了。那些过去的常日里，深夜是属我的清醒季，白日在疲乏中是个白痴，我不知清晨，也不去想和看昏然以外的一切。

走到那里，这柔和的眸光跟踪，或者我该说六月是可爱的。呵！六月。

雨花绽在午后

墙外密密，墙内也密密，雨总是如此之浓。

无花果的叶掌擎起，擎住一握晶莹。这午后我一直数落着六月的不是，是患病的日子，太阳患病，我亦有病。

渴望狂奔，渴望突破自己，啊！炸裂心灵上的铅锭吧。或让雨水洗涤群林般洗涤我；仿佛地理书上的每一条河流都在泛滥，纷纷地响起变调的淅沥。由一柄伞顶住错落的呢喃。又见伞是黑色的弧形，那瞬间的投视将引起秋后的萧萧的联想，于是雨绽出朵朵白色小花，门前的风铃花也为之冷却。

不要再说有与无了，我才是拥有着全无与乌有的富翁。有时的确希望握一掌雨花台的彩石的缤纷，让两种调和的音韵聚集。在这六月为什么不走走乡村的果林，听成长中的果子唱歌？一次野行，或可摘到夜莺在窗前的清婉。然而我常想的是出岫的云，它们在薄暮中的邂逅出于偶然，明日的园中可能只得一朵老去的黄花了。不论自愿或非自愿的，我必须习惯着在沙漠上独行，流浪的吉卜赛人在街头唱歌，我也唱歌。弄一次琴，无非自遣，一切的渴望，仍然是渴望。一个内在的自我胜不了外在的自我，那是该说听雨乐，看雨也乐了。

一任浇淋，伞影远去，仍有伞影袭来，能突破些什么呢？眼前是一条干涸的河床，荒凉呵！

午后的雨花，数不清有几多瓣，瓣瓣跌落在墙里与墙外。那些由樱木小叶上洒出的沙沙声，不是悦耳的呢喃。有意伸出手，捉住一朵，又在指缝间溜走了。

我就顶着伞站着吧！不妨站到黄昏来时。

夜之独步

河流，一日的明亮在颤抖中褪色，一个晴朗的夏日，抛向海的鬓角去。

你猜我这时想些什么？曾经讴歌过薄暮的光灿的；那半球红红的日色，反照着从屋顶上升起的招呼鸽子的小黄旗。灯当然亮起来了。

三百六十五个日子，是三百六十五个大金币，有的是生了绿霉的。不过有一个发光发亮便该满足。

每个人必会有一个或两个愿意注视的熟悉背影的。我常常揣度着出现在小街上的来者。而夜又往往在我不想去数一城蛊惑的灯火间响起脚步。开始懂得夜，是那些一个人走过荒野的季节。现在我愿去寻一条黑森林里的羊肠道。我已惯于独步，夜也惯于独步的。

纯黑飞扬于上，又飞扬于下，左右前后也是相同的翅翼的鼓动。踢响每一枚石子，一颗生了绿霉的石子，要磨亮可不容易；一点嘴角的微笑，未必便是真是心灵的雀跃，我在你瞳子里找寻真实。有时听着地球的喘息，一只地球已被那些聪明人弄得支离破碎了；在大气层之外，或许正有一只眼睛由宇宙飞船里向我们注视哩！看到了一些什么？明亮与黑暗都是一种化妆。也许认为天空的星子是可采摘的，视线里却缺少一只成熟的星。呵！夜之独步，跫音越过我的头顶去了。

你这时想些什么？在灯光之下缀补白昼撕出的空隙或说一些自己不愿说的吗？

唯黑森林可以畅所欲言。叶子们不必讪笑，逝去的春季，虽是绵绵的雨，也未曾在生命的园圃里淋出一片新绿。

听几声虫鸣，风的呼啸，在夜的胸膛里步过羊肠道去。

导读

萧白，本名周仲勋，一九二五年生，浙江省诸暨人。曾获中山文艺奖散文奖。一九八九年元旦封笔，作画自娱。

萧白的散文曾经在二十世纪七十年代的台湾风靡一时，当时所谓文艺青年几乎没有人不读他的散文。萧白散文有诗的意象美，篇幅短小，往往以几个清新的意象，铸造浅淡的意境，含有一点人生哲理。有时又游走在玄思幻想间，出入在优美的文字里，不一定明说事理，却又仿佛有着令人着迷的幽微处。

这就是萧白。《六月》《响在心中的水声》大抵如是。

——萧萧

湖水·秋灯

张秀亚

1

湖，嵌在我读书时的古城，湖水，溶漾在我的心里，还有那盏美丽的古铜灯，燃烧在湖边的小屋中，透过了窗子，照影在湖心。

湖边有一丛丛的芦苇，燃烧着亮绿的小火焰，和湖对岸的落日，像是融会在一起。

湖水原是深浅不同的蓝色，一种透明的丝绸一般的蓝，偶尔被水禽的长喙啄破，更会被一片无意间飘来的孤云漂白，而夜晚，湖心的灯光又多么像一个永不熄灭的梦啊，浴在波心中的灯影，那份奇丽，使人心跳。

有一天我自湖边经过，秋天更为湖光增加了几分淡雅，因为树叶的浅金与微白的草叶，使湖水更有一份明净的美。

“秋天的湖上，正好是一篇故事或寓言的绝好出生地。”西风悄悄地向我诉说，我又悄悄地向自己说，我一边说着，看到我的影子走在湖水上，伴着一朵云，一朵白色的镶着落日余晖的云。

不多时，那云浓缩成一小片，舒卷如同天鹅的翎羽，同时，闪发出更苍白的亮光，像是一只银色的汤匙，预备在秋湖中取一瓢饮。

那银匙的光灿使我驻足，我伫立凝视，我这才发现，湖岸上那座小楼的窗子开启了，一缕灯光，银色的，带一点秋草的浅黄、微绿，自那窗口流泻下来，那灯影落在湖水上，就变成一把闪着银色的匙子了，这还是我生平第一次看到的光的奇迹。

灯已经亮了，我得赶快回到学校去，管宿舍的那位荷兰修女姆姆，大概正在校门边的石灰桥头等待我们这些迟归的学生呢——我一面这么想着，耳边似传来修女手中那一大把铜钥匙的玲玲清音。我遂向湖水和灯光黯然作别：

“晚安，湖水！”

“晚安，湖上的灯光！”

没有回答，灯光在眨眼，湖水大概已经睡了，睡得很沉，一点声息都没有，在湖水的梦里，它的颜色更深，近乎墨绿，那灯光就显得更明亮了。

湖上的灯光，投影在我的心里，一路上照亮了湖堤，伴随着我走回学校。

2

自那晚从湖边归来后，一连串的考试，课外活动，校刊的编印……使我把湖水淡忘了。

接着，是双十节的假日，而又连着个星期天，我准备回家小住。那天下午，我的衣箱已整理好了，待归的游子，心情是那样地轻快（在日记上我曾将那轻松的心情，譬喻作蒲公英的茸茸的翅膀）。窗外突然传来叩敲的声音，是家政系的唐，一个恬静的女孩。

“有没有游兴？”随着声音，她走进来了，一身珍珠灰色的衣裙，有点像湖上的水雾，伴着金属般的笑。

“到哪里去？”我也正想出去走走。

“湖边啊！”她原来也是湖水的爱者。

“现在就去吗？”

“五点钟好不好？正好到湖边去看斜阳。我和我们系的慧，到湖边第三棵老柳树下等你。”

好可爱的女孩，好诗意的地点——湖边第三棵老柳树下面。

自然，那是一个难忘的黄昏，我在那天的日记上写着：“我们今天有一个好黄昏。”我们有湖水，有斜阳，有柳树，有歌声，当然，还不只此……

湖水原是静静的，只偶尔听到一点细碎的音响，同时，水上，在那水蓼花俯身照影之处，涌现了一圈圈的水纹。

唐折了一枝柳条，敲击着水面，一些细小的水珠，飞溅上她长长的发梢：

“小鱼在吸吮水草呢。”说着，她索性坐在湖边的茂草里，我同慧也在她的旁边坐了下来，湖边的草透发出沁凉、带绿意的香味，上面点缀着疏疏落落的小紫花。

湖对岸，距那栋小楼不远处，是一所古老的宅第，也许是被弃置的废宅，可能是我们来得不巧，多少次路过湖边，从未见到那两扇沉重的门板开启过，但门上微锈的铜环，却是映着日光，恢复了一些旧日的光辉，和门上微显剥落的油漆，极富古典的意味。那门上画的守门的神荼同郁垒，遥遥看来，那微微带点神秘意味的面孔，引起我们多少幽思与玄想。

湖边小坐，天色逐渐暗了下来，但是湖面却更显亮丽了，因为远天上的霞云，由紫绛变为橘色、金黄……这使我们想到李清照“落日镕金”的句子，眼前的景象，岂止是镕金呢，我们觉得那宛如一座间歇性的、富于色彩的火山，突然间爆发了，火热的熔岩滚滚……每一块都瑰丽得炫人眼目，而这些熔岩又被明净如盘的湖水全部承接住了，形成一大片华美无比的意大利碎石镶嵌艺品……绚烂之后，继之而来的是平淡，那日湖上的光景亦然……霞云的“熔岩”渐渐地凝住、褪浅了，湖面原来的澄碧颜色上，又调了一片苍灰，这灰色渐渐地变为无色的琉璃，湖水又复归于寂寞……

我们的笑语也渐渐地疏落；湖水的一场繁华梦，也似给了我们一些启示，但我们一时又说不清楚这份深沉的感受，尤其是这即将放假的日子，离别的前夕。一位教我们“现代小说”的教授走来了，他同时也是精研莎士比亚的学者，他一年到头那件灰色的长衫，使瘦的他看来更像一个湖边的幽人，他的唇边带着悠长的叹息，手中那枝白杨木手杖，一声声沉重而有力的击破了湖边的寂静，我们都站了起来，他的唇边展现出哲学意味的笑容——像湖水的波纹：

“你们好像很开心，玩吧，笑吧，孩子们，湖边该是属于你们的！”说着，他又一跛一跛地走了。

听说他——这位天才的学者，大半生都在寻一个梦，在课堂上，他常是一半自嘲、一半自炫地向我们隐约透露过他追寻的幻梦，他的梦中好像也有秋天的湖，秋夕的灯，同灯边一个人影，但这些和他始终保持着一段诗意的距离——他走远了，我们心中的平静与快乐好像也被他带走了，从他佝偻的背影，我们读到一个生命的故事，但这故事，是以朦胧的笔法，以灯影蘸着湖水写成的，颜色是那样地浅淡，但又是那样感人，直到现在，对这个故事，我似乎仍未完全了解。

几个人的眼睛都黯然地望着湖面，好像希望湖水能为我们提供一下这位老教授生命故事的索引……

渐渐的，湖心又亮了起来。

3

湖心的那点光亮，是鹅绒一般的金黄，鹅绒一般的柔润，像一大朵奇妙的黄云，燃亮在水上。

这光景是那样的美，那样的感人，我们几个都被震慑住了，默然不能作语，抬起头来，原来那小楼的窗子被一只手推开了，一盏鹅黄罩子的玻璃灯，使水面有了一场小小的美而无害的火灾……

唐推了我同慧一把。

“看！”但窗边那个人影，倏忽就不见了，是一个女人的影子，但我们看不清她的身份同年龄……

“呵，秋天的湖，秋夕的灯，灯边的人影……这与我们那位老师的故事有没有连带的关系呢？”多幻想的慧又在驰骋她的想象力了，我们也禁不住思索起来。

那晚，湖上的秋灯一直在亮着。

我们也很晚才回到学校。

也可以说，那晚湖边小楼的灯光一直亮着，直到今天——那盏灯，亮在我的心湖，直到今天。

寂寞的秋日，我心中的那盏灯就格外明亮起来，闪现着淡淡的龙井茶似的光辉，伴着一个没有开头也没有结尾的故事……

竹

张 秀 亚

我爱竹。

对竹，我有一份特殊的感情。

我觉得那竿竿挺直、最具神韵的竹子，是一支支的大笔，在天地之间，以青绿的颜色，写出正、直的定义。

而一片片的竹叶，像是一只只绿色的鸟，是宋人词句中的翠禽，小小尖尖的喙上，衔着的是永恒的春天。

在记忆中，我最珍爱的东西，是一只以竹筒截成的小竹碗，是我五岁的时候，女佣自她家的竹林中为我拣了一段巨竹做成的。坚实、厚重，拿起来却并不是沉甸甸的，竹节部分，看来如一条绿色的绳结，正好做了碗底，犹带着竹林中清新的气息，我常常以它装盛井水，澄澈的水，在浅碧的碗底荡漾，印着我童年的圆面孔，使我的世界，涌现在绿竹之中。

但我深深地爱上竹子，还在考入那所教会大学以后，在那逊清王府改建的典丽校舍的一角，有一座小教堂，旁边的月亮门内，故意地不种树，也不种花，只任着几竿瘦竹摇曳着，极有倪云林的画意。雨天，我有意地拿了一把伞，偎近这几竿绿竹，以充满了赞美的目光，看它枝枝叶叶无言而有力地抗拒着无情的风雨，表现出卓越、劲拔、一股强韧无比的生命力量。而在晚间，晴好的时候，我也爱看那竹叶的间隙里，点点教堂内灯烛的辉光，那如一片月光之雨，洒落其上，正如朱自清一篇文章中的那些金色的小橘子。

教堂中的颂歌、人影，更为这几竿竹子增加了神秘的气氛，几个同学和我都自称是“竹下客”，因为，在那里往往一流连就是几个小时。

天寒，尽管竹叶擎着的尽是霜雪，但不能改变竹竿的挺直；春夏，那绵密的丝雨，却使这几根竹现出更为明净的绿，像是一支支碧玉的洞箫，蕴藏着最感人的音乐。

来到宝岛上以后，最初我卜居中部，在那里曾典下一栋小屋，只为了那屋上覆着的是一排别致的竹瓦，绕屋是短短的竹篱，使我更有机会亲近我喜爱的竹子。

就在距那房屋不远的水边，一天我看到一大片竹子，是那样地丛密，有如一堆绿色的焰火，一排排的竹竿，远远看来，更像是巨型笙簧，谱出一支动人的壮丽的歌，那大自然的心声。

如今我的桌边，一个长颈瓷瓶里，是几枝竹子，细细的竹枝，疏疏的叶片，给了我灵感与喜悦，回忆与梦想。那劲拔的竹枝，翻飞的叶片，是以多么有力的笔触描成的啊，何况，更以不凋的翠色。

那几枝竹似在向我说：

“给你一首绿色的诗词，渲染你的生活吧。”

又似在向我说：“给你几枝绿色的笛管。”

“赠你几片青色的翎羽。”

几根竹，翠绿、鲜活，画出了过去及未来的岁月。如果我们是坚强而充满了信心地生活着，那几根绿竹就是我们生命的象征。

愿绿竹，画出了我们国人的身影——在世纪的风雨里，我们——自由、民主、正义、真理的卫士，是不会弯下背脊的。

导读

被痖弦先生誉为“台湾妇女写作燃灯人”的张秀亚，一九一九年生于河北，二〇〇一年逝世于美国。笔名有陈蓝、张亚兰等。高中时就出版第一本散文小说合集《大龙河畔》，赢得“北方最年轻的作家”的美誉。曾主编重庆《益世报》副刊，来台后曾任教于静宜大学、辅仁大学。她的写作生涯，逾一甲子之久，写作文类丰富且多样，包括诗、散文、小说、译作、传记、艺术史等。结集出版的作品，多达八十余册，其中多种被译为英、法、韩文。她曾获中山文艺奖、妇联会新诗首奖等奖项。

张秀亚的散文，以感情丰盈、想象细腻、韵味隽永、充满诗的艺术意境而独放异彩为人称誉，特别是她通灵蕴秀、多思善感的语言表现，宛如山间清溪，轻轻流淌过读者心田。她的作品多取材于个人经历，能在平凡的生活物象中咀嚼出人生的真情味，花草树木，鸟语虫鸣，日月山水，她都能巧妙地发掘出这些自然景物所蕴含的内在美，并写得诗情画意，《三色堇》《北窗下》《湖水·秋灯》《白鸽·紫丁香》等散文集就是这类出色美文的代表。虽然有些作品稍显直露、造作，但她诗意的文采、悠长的意味、敏锐的感觉、不懈的艺术追求，使她成为台湾文学中一株“永不凋谢的三色堇”。

——张堂锜

田 园 之 秋

陈 冠 学

九月一日

置身在这绿意盎然的土地上，屈指算来也有足足的两年了。这两年的时光已充分将我生命的激荡归于完全的平静，可谓得到了十分的沉淀和澄清。在过往的日子里便蠢蠢欲动，想拿起笔来记下这至福的生涯，但是正沉浸间，生命吸饱了这田园的喜悦，反而如醉如痴般，几度拿起笔来，几度无法写出一个字。可是不能一味如此感激下去，起码得勾勒出几笔素描。我得振奋起这一支笔来写，在一天里，虽即不能从这整个生涯的喜悦里完全清醒，也得半醒半醉地抽出几分钟时间尽力写一点儿。

真巧今天是秋季来临的第一日，事前也不曾选择，却在秋季刚到的同一日开始了这本田园日记。秋，本就合人喜爱；秋，紧接在炎夏之后来到，有谁能不爱？何况秋季是成熟的季节，这田园里的住民，更是爱秋过于春了。

人们总是等季节来到已有些日子之后才注意到新的季节来了，而也在此时才觉察到上一季节早走了。那广阔田园里的庄稼，那原野中、田埂间、道路旁和前庭后院里的草木，都是在人们一场好睡的夜里偷偷萌了芽，茁壮了，结实了的啊！而当人们一觉醒来，绿的黄了，黄的绿了；并且人生自幼而少，自少而壮，自壮而老，不也正是这般地在不知不觉间变换着的吗？在自然里，在田园里，人和物毕竟是一气共流转，显现着和谐的步调，这和谐的步调不就叫作自然吗？这是一件生命的感觉，在自然里或田园里待过一段时日以后，这是一种极其亲切的感觉，何等的谐顺啊！

怪不得今日天高气爽，浅蓝的晴天上抹着几丝薄纱也似的白云，空气如此澄澈而清凉。如今回想起来，早在十多天前无怪早晚已仿佛有了秋意，甚至中午日光遍照之时，也一样带着清泉似的气息。一礼拜前，竹蔀里，在暮色苍茫中，已听见伯劳聒噪，原来秋是到了。要不是今天拿起笔来写这日记，怕要再等几番秋雨才觉得着吧！

我爱秋，不仅爱它成熟，爱它在炎夏之后带来凉意，更爱它是候鸟的季节，尤其是冬留鸟来的季节。当五月春将去，夏逼来时，几次挥手送别了客鸟北归，接着炎夏一到，不仅在炎热的气温下恹恹无聊赖，不仅没有了春花烂漫，尤其不见那多彩的好影，丰美的好音。夏，于是更显得索然无味。然而当秋一到，这一切又都回来了，花圃里有着记不清的菊科的花开放；道路旁一样有着它繁多的族类，在人脚边静静展蕊。那北来的鸣客，更是令人觉得此地才是它的故乡似的，到处是踪影，是歌声。秋，是个丰盛的季节。

今天一早吃过早饭，眼看着明净的晨光揭开的是这么美好的一个天地，任怎样铁定的习惯，也不能把我留在书桌前坐下来好好地看书。我生命内里不由产生出一股力量，非得把我推出去，在这一大片田园间巡行一遭，似不肯罢休；尤其那清晨的空气，给朝阳透过，好像起了什么物理化学作用，我得出去，像一尾鱼游入一泓清泉，我得游进这空气中。我又觉得，强烈地觉得，非得去点检一下，那初到的鸟，初开的秋的野花，好像那是我的庄稼似的；真是个奇异的感应力。于是，我出去了，转了一大圈，把这一带的田园，及田园间的大小路，甚至小径，乃至田埂，当然走不遍，但是却像非得每一条都去造访不可。于是我挑了平时最常走的路径，着着实实地转了一圈。一路上相照面的一切，包括有生命的和无生命的，就像遇见了好友一样，和他们打招呼。虽然旁人也许不能理解，但是我自己却是那么亲切地感到这一切有着人格的真实。在一所才经营了两年的果园边，见到了一只伯劳，瞟了我几眼，停在篱柱上；见了不由心喜：

> 嘿！这儿挺不错嘛！是不是？别再往南去！何必呢？这里是世界上最美最好的过冬地啊！

伯劳听见我跟它讲话，又瞟了我几眼，没有飞去。真的，我真的不希望它再辛劳飞越重洋到赤道上去，我以东道主的身份，十二万分诚恳，希望它留下来。一群乌嘴鹬鸟，大约五六只，在田路的那一头浮沉而过。一只草鹡鸰在草尖上抽动着它的长尾，叽呤叽呤连珠似的鸣啭着。差点儿被一只鹌鹑吓着，这小东西扑地从脚边草丛里飞起。它总以为人家没发现它，可是直挨到行人的脚趾要踩到它那不满半寸长的尾羽，这才着慌掷出来，要是不熟悉它这脾气，准要被吓着。单看那些路边的花，就令人深深觉得秋季毕竟是朴素的，虽即一样点缀着漫山遍野的花色，比起春来，可真是显得娴雅啊！菊科红花属的一点红，正举着一束束待放的红蕊，有的已是开过花，迸开棉也似的絮。另有蓬属的草，也轻轻扬起近乎粉红的花絮，只要有一阵轻风过，那些花絮就会乘风飘去。一两株小本含羞草，静静地在僻处举着胭脂绒球也似的花，探出了矮草的头顶。草蜘蛛披在草尖上离地不及一寸的网，缀满了露珠，映着朝晖，晶莹的给大地增添了一件富丽的装饰。大自然毕竟是无限的富有，这里不啻是千万颗珍珠！当然我最富有，这一切都是上天赠给诗人的，若我也算得上是诗人的话。其实，人间也只有像我这样置身这晶莹的晨野里的人，才配称为诗人，你说是不是？总之，那催我出去的感应力，果然发于这一片灵秀，转了这么一圈，我的生命更加晶莹了。

回来踏勘屋前八分地的番薯，有一半早已成熟。上月下旬，忙着给另一块地的玉米施肥培土，照顾不到这一边。这一两天内总得犁了这四分地的番薯，最迟不能拖过一星期。

下午在家修理农具，清理内外，不觉暮色生于篱根屋角，才知道时间对于独居的人，不论工作休息都是一样的快慢。给牛放了夜草，灌了十几竹管淘米水，天色已完全暗下来了。

借着灯光给撑开的一角夜色，读几页书，发觉有几本书有些破解，兀兀地做了一番修补。寂静极了，仿佛听见时间的脚步声从身边过去。但是一定神，这才听见田野里传来土蜢的夜鸣。此刻是九点半，此物自黄昏六点起，足足振动了三个半钟头的薄翅，真有那份劲儿，可也真迷人！

导读

《田园之秋》是陈冠学的代表作，也是台湾自然书写史上的重要经典。它展现了抵抗都市文明，眷恋农业世界与未破败前的“美丽旧世界”的生活姿态，并且在行为上实践简朴生活。在这篇题为《九月一日》的文章里，作者谈起他为何开始动笔写日记的缘由，事实上，若读完整本书，读者当会理解本书不是偶然动笔的日记，而是埋藏了作者“小国寡民”“摆脱物欲”“离圣去智”的哲思理念。本文特别值得注意的是他与一般自然书写者使用较专业的词句不同，他更喜欢用民间的俗名来称呼田野常见的生物，比方说乌嘴鵮鸟（斑纹鸟或白腰文鸟）、草鹡鸰（褐头鷦莺或其他种类的鷦莺），这或许可以称为是一种民俗博物学的知识体系。当然，以素描之笔展现的静谧、自在的氛围，才是《田》书最吸引人之处。

——吴明益

盐寮的野百合

孟东篱

盐寮，是花东沿海公路上一个散居的小村，在花莲市南方约二十公里。这里离海岸五十至两百公尺，便缓缓升起了月眉山，月眉山不高，只有一两百公尺，经多年砍伐，已没有多少树木，但杂草遍山，倒也葱绿，从山坡上俯视太平洋，碧蓝辽阔。

月眉山每到三四月，就在草丛中开出许多壮硕清丽、芬芳沁人的野百合，据我所知，十年前就有花莲的年轻人成群结队到盐寮郊游，大把大把采去，渐渐的，野百合终于少了。

今年，雨停之后，盐寮的大人小孩开始大量采摘，几乎每个家庭都放了一大把，有的躺在地上，有的浸在水盆里，有的插在瓶中。不上学的时候，你可以看到三五成群的孩子，各自捧着一大把从山坡下来，走在路上。那实在可说是丰硕的美景，但那美景是让人心痛的！

孩子们采野百合，并不一定是为了自己喜欢，而是为了拿到花莲去卖，一朵两块钱。也有人来收购，一朵两块，再拿到花莲以五元售出。可是这些花，岂止是一朵几元的问题！你说它一朵值一百块都可以。这些花，就是耶稣所说，每一朵都是比所罗门王[①]最荣华的时候更美丽的野百合。

而今，山道上到处是遭受摧残的花梗与花朵，凡能见到的能采到的，都会被采光，只有花沟悬崖顶上的得免于难。

盐寮的大人们是好大人，盐寮的孩子们是好孩子，没有人能说去采一捧野百合是不对的，但问题是在这自然的丰硕中，常有叫人心痛的担忧：盐寮这自然的恩赐能任我们挥霍到几时？这样的杀鸡取卵的采撷，岂不是在野百合还来不及孕育下一代时，就已被拔除了吗？今年所采的地方，明年还会再来吗？

我相信盐寮的百合还可以让人再采几年，但几年以后呢？盐寮还有百合吗？台湾还有一个“遍山野百合”的盐寮吗？

请支持盐寮的野百合，请保留盐寮的野百合，请让盐寮永远是一个有野百合的盐寮，请让台湾有一个地方，名叫“有野百合的盐寮”，并让那有百合的盐寮的百合满山满谷。

---

① 古代以色列最伟大的国王。

导读

孟东篱的散文不假修饰，重点放在文章中的思想性，这和他研习心理学与宗教有关。他在文章中提出最具特色的概念便是“爱生哲学”。爱生哲学可以分几个方面来解释：首先，自然的一切皆为上天所赋予，所有生命平权平等。但人类在宇宙中具有不同的意义，即是“要完成高等物种的发展”。二、爱生哲学包括“人与人的关系”“人与自然的关系”。三、这种关系中最重要的根源是可以感应生命、自然的“心”，而不是“贪心”，是反贪的哲学。是一种提倡简约的哲学。四、自然具有人类所不知道的“奥秘”与“美”。五、应该爱惜生命，包括善待自己的和别人及他种生物。六、应重视文化的延续。七、爱生哲学是一个可变动、可添加内容、每个人皆可添其新意的哲学。

据他说“爱生哲学”（biophilia，原意为“人类亲近大自然的天性”）的想法起源于心理学家弗洛姆（Erich Fromm）的巨作《人的破坏性剖析》（The Anatomy of Human Destructiveness）。但美国生物学家威尔森（E. O. Wilson）也曾在一九七九年提出一般中译为“亲生命性”（biophilia）的说法（刊登于《纽约时报》）。

孟东篱的爱生哲学是建立在宗教思维与某些生态学之上的“生活概念”，《盐寮的野百合》就可以看到这种特殊的情怀。

——吴明益

第六章　就这样走到了故乡

看清了生命却不仓促，见多了人世却仍动情。

穿山甲人

柏杨

凡是看过《象人》的读者，对那个可怕的怪物，一定还留下难以消灭的沉重心情。我曾向一位少妇询问她有没有看过这部电影？她说她没有看过，因为她不忍心看。而看过该电影的一些朋友，大多数都失神的表示，如果他们事先知道内容，他们也不会去看，他们唏嘘说："我们承受不了那种压力——被噩运毒手抓住，无法摆脱的压力。"

《象人》是一个发生在中世纪英国的真实故事，一个男孩一生下来就是畸形，那是一种远超过我们想象力的畸形，面部丑陋得像一只象，嘴唇几乎是以九十度的角度竖立着，右手和双足活像野兽的蹄爪，最使人毛骨悚然的是他身上密布着突起的肉瘤。他被送到马戏团，马戏团团主像对待野兽一样，咒骂他，鞭打他，使他在二十一岁那一年，还不会说话，还没有洗过澡，他被无情地虐待和羞辱损毁，一生中不知道什么是友情，什么是爱情，只知道恐惧、战栗，只知道阴暗潮湿的囚笼就是他唯一可以暂时喘息的洞穴。直到有一天，好心肠的塔里斯夫医生发现他，肯定他跟你我一样，是一个有血有肉，一切都正常的人。他把这位

"象人"接到医院，开始教他说话、读书，使他恢复人类的尊严。然而最后"象人"仍是死了，我们不知道他是不是真跟电影一样，那么安闲镇静地走向死亡。他的病使他只能坐着睡，不能躺下来，电影结尾时，他安详地整理床铺，安详地躺下，银幕上众星向辽远的外层空间退去，观众的心情反而平静，仿佛看到幽冥深处，不幸的人终于挣脱噩运的毒手。我们庆幸，庆幸往事已矣，再也不会发生。

然而，谁都没有想到，三百年后，噩运的毒手再度伸向人间。

今年（一九八二）四月七日，马华公会邀我去吉隆坡作一次讲演，当时在《中国时报》连载的《金三角·边区·荒城》，还没有完，必须尽快回来赶写续稿。第二天，也就是四月八日，大马作协有个座谈会，我就决定四月九日折返，而就在这时候，《新生活报》社长周宾源先生坚持要我多留一天。

"我认为你应该见一个人。"他说。

我告诉他我不得不立即返回台北的理由，但他也告诉我他坚持的理由。

"如果你先看到她照片的话，"他说，"你会为她多留一天的。"

"她是谁？"

《新生活报》总编辑吴仲达先生递给我大约十二寸大的一张相片，我察觉到周围的眼光全都注视着我，似乎等待着一种他们所预期的反应。我有一种不自然的感觉。而后，我全身汗毛倒竖起来，像一只冰凉的利爪把我提在半空。当塔里斯夫医生第一次看到"象人"时，他沉郁的眼睛流下眼泪，而我却如此残忍，我没有流下眼泪，只从内心发生只有我才听得见的一种可怕的嘶喊，我把照片慌张地丢到桌上，只感到想吐。不久我就为我这种卑劣的根性羞愧，但我当时却只是想吐。一个比"象人”更可怖的人呈现在面前。

“女孩吗？”我问。

“是的。”周宾源先生答。

“华人吗？”

“是的。”

“最近才发现的吗？”

“是的。”

“也叫‘象人’吗？”

“不，她叫‘穿山甲人’。”

“象人”的母亲怀孕四个月时，在非洲受到大象的踏踩。“穿山甲人”的母亲彭仙女士，也是怀孕四个月的时候，有同样的遭遇。那是一九四八年的一天，马来西亚联邦森洲淡边村，贫苦的丈夫张秋潭先生正在他那小小的果园耕种，看到了一只穿山甲，他去捉它，它却跑了，跑到山洞里去了，三个男孩闻声赶来，叫闹着，却无计可施。而这时，年龄才三十九岁的彭仙女士，正挺着大肚子，也来参与这场追捕。于是，就在洞口架起木柴燃烧，希望用烟把它“熏”出来，这样忙了半天，却再也没有看到穿山甲的影子，一家人大失所望地黯然而归。

据熟悉穿山甲习性的猎人说，穿山甲被熏死在山洞里的可能性很小，它们不是笨蛋，绝大多数不是被“熏”出来，就是从洞穴的另一端出口溜掉了。五个月后，彭仙女士分娩，一个可怕的“穿山甲”女孩——就是我所叙述的女主角，呱呱诞生。做母亲的被产婆的骇叫声惊动，等她第一眼看到孩子时，立刻晕厥在产床上，等她苏醒后，抱着孩子，眼泪像雨一样地冲洗着婴孩浑身的鳞甲。她知道她生下的不是一个女孩，而是一个怪物。

怪物的降临，使荒村中的中华人和马来人大起骚动，他们认为这是一个不祥的兆头，有些自以为有特别见解的人，一口咬定她就是那个枉死的穿山甲投胎（他们已肯定它是被熏死在洞穴中了），至少是那个枉死的穿山甲的鬼魂，附在胎儿身上。有一半真实事实的谣言是最恶毒的，全村被穿山甲丑陋的形象攫住。“它是为复仇而来！”大家立刻陷入惊恐，复仇的对象第一个是张家夫妇，然后可能祸延全村。他们中了魔一样，要求张家把怪物交出来，声称他们并没有恶意，而仅是希望开开眼界罢了。张秋潭夫妇当然明白一旦交出孩子的后果，于是“穿山甲人”失踪了，死了，做父母的把她藏匿在家里的一个斗室中，那是一个跟“象人”居住同样小的房间，孩子——父母为她命名为张四妹，从呱呱坠地那天开始，便这样被囚禁。跟“象人”唯一不同的是，“象人”遭受的是马戏团团主凶狠的鞭打，而“穿山甲人”，她仍是哭尽了眼泪的爹娘保护之下的骨肉。然而，不管基于什么原因，一种现象是相同的，她和人世隔绝，张家是一个穷苦的农人。啊，为什么悲惨的事，总是发生在穷苦人家身上？父母眼睁睁看着长相可怖的娇女，孤独地躲在阴暗墙角，这一生注定她永不能看到天日，而最无可奈何的是，他们不知道孩子患的是什么病，假定有钱，他们可送她到吉隆坡，甚至可以送她到伦敦求医，可是，他们太穷了，连请医生来家诊断的费用都没有。更因为穷，没有保护孩子的力量，他们在村人们面前提一句都不敢。

一度，做母亲的想把孩子送到“姑娘堂”，当她把孩子的衣服穿起来，姑娘堂派来的人抱在怀里，正要跨出家门时，做父亲的张秋潭先生恰好从外面回来，迎面相对，他把孩子夺回。

“女儿，”他哭着说，“你满身鳞甲，为父的对不起你，我要养你到老，养你到死。”

然而，做父亲的却在女儿十岁的时候，与世长辞，据他的妻子彭仙女士说，他死得十分痛苦，他望着匍匐在床前，活像一个蜷卧的穿山甲的娇女，从他那不断增加浓痰的喉中，不停地喊叫：

“儿啊，儿啊，你跟爹一块死吧，一块死吧，留下你，我死不瞑目。”

严密的藏匿虽然使村人们不再探询，可是，死了的怪物尸体在哪里？大家抱着疑虑。不久，一个马戏团团主光临，要用重价购买。

“重价？”我问，“多少叻币？”

“当时大概折合一百两黄金。”周宾源先生答。

这是一笔足以使人丧失天良的巨款，做母亲的虽没有看过《象人》，但她知道一旦进入马戏团，惨绝人寰的女儿，将更惨绝人寰。她一口拒绝。理由很简单，她告诉马戏团团主，怪物确实已经死了。年仅十岁的张四妹，匍匐在小室地板上窃听，由于她的年龄和长久的关闭，使得她并不知道什么是马戏团，什么是黄金，但她知道她没有被卖掉，她想哭，可是她哭不出来。她激动地用可怕的变了形的前额，撞击地板，感激娘亲。

张四妹女士，就这样地关闭了三十五年。三十五年，漫长而凄凉的岁月，她比“象人”幸运，娘亲给她买了一架简陋的收音机，是她唯一跟人世交流的单行管道，她从收音机的华语广播中，吸收知识，也艰辛地学习华文。“象人”还有医生做他的教师，“穿山甲人”张四妹女士，却全靠自己苦苦自修，最后，她终于能用华文写出流畅的信。

——多么可悲的讽刺啊，被父母宝贝的优秀青年大学生，高中生们，看他们写信时的困难情形，张四妹女士的信使我震动。我把她的信——写给“凤鸣”“鸣妹”（她们是一个人）——附录在本文之后。张四妹女士是这么善良、孤寂、无奈。但她对天对地，对蹂躏她的噩运毒手，没有抱怨。

三十五年日子，在隐秘中过去，村人们和全世界都把这个怪物忘了，而怪物并没有忘记自己，她除了苦苦自修华文外，还在夜深时分，当人们都进入梦乡，悄悄地走出她的囚房，悄悄地离开家，去村外为她穷苦的母亲拾柴、去她家的唯一果园，看守果园。时间一久，跟“象人”初在医院中出现的场景一样，做母亲的用布把她的头部完全包裹起来，只露出两只赤红的眼睛——在阔大的草笠下，没有人会注意她那双一生都不能阖起来的赤红眼睛。然后，在早上行人尚稀的时候，她到果园，直到万家灯火，黄昏来临，再躲躲闪闪地回家。除了深知她的一二知友，像被她称为“鸣妹”的女孩，这就是张四妹的全部世界，孤独的世界。在信上，我们可看出她的哀伤，她说：“我是只标准的大蛇。”而事实上她却比大蛇可怖。幽闭的生涯，在今年（一九八二年）三月，也就是我前往吉隆坡讲演的前一个月，才被外界发现，那是三月的一天，两个华人经过张家果园时，神差鬼使，张四妹的面纱忽然脱落，两人一见同时发出被活剥头皮时的那种惨叫，飞奔逃走。三十多年的旧事像噩梦一样，再回到人间。所幸的是，人们心智的成长和知识的提高，已没有人再坚持她是为复仇而来的穿山甲鬼魂投胎，虽然没有人敢和张四妹女士面对，但大家已满怀着同情，容许她的存在。

这正是《新生活报》周宾源先生坚持我多停留一天的原因，让我看一看和我们拥有共同血缘的，可怜的龙女！

我无法形容张四妹的形象，一定要我形容的话，我同意森洲淡边村村民的称呼：“穿山甲人”。我们如果可以想象一只“人立”的穿山甲，便可想象“人立”的张四妹女士。《新生活报》记者仙梨先生严厉地反对使用“穿山甲”，使用张四妹的口吻呼喊：“我不是穿山甲，请不要嘲弄我！”我绝不是嘲弄，上天可鉴此心，但“穿山甲”是一个最好的形容，一个“人立”的穿山甲，跟“象人”一样，是一个“穿山甲人”，她头发全无，光秃的头顶，双眼几乎呈五十度角度地向上吊起，鼻子塌陷，嘴唇突出，牙齿像坟岗上凌乱残破的墓碑。而其中一个门牙，却跟大象的牙一样，冲破尖耸的嘴唇。然而，使我们发抖的还不是这些，而是她满身鳞甲。严格地说，那不像穿山甲的鳞甲，却像鱼的鳞片，鳞片不断脱落，也不断有新鳞片生出来，一直无穷无尽地循环。当新生鳞片长出，旧鳞片不能及时自动脱落时，便奇痒难支，必须立刻把旧鳞片从身上片片地拔掉——像古时遭受剥皮酷刑的苦囚，她无法拯救自己。

据说，她现在已进入仙境，只要拔下，当淌下血来时，她还可得到片刻宁静，而在前几年，她却整天泡在水里，才能防止鳞甲间肌肤寸寸龟裂。

但是，最恐怖的还是她的眼睛，“象人”虽然不能躺下来睡，却能坐着睡，读者先生还能记得，当他在幕终躺下来时，他缓缓地闭下眼睑。张四妹女士会羡慕“象人”，她宁愿那样地安静而去，她这一生不知道“闭眼”是什么，因为她没有眼睑。三十五年来，她一直像一条鱼一样，两眼圆圆瞪着，眼眶像一根烧红了的火炙铁圈。读者先生看美国西部片时，定还记得恶棍们的毒刑，把英雄美女仰面绑在沙漠上，用火柴梗支开他们的眼皮，当太阳渐渐升空时，眼球中的水分也渐渐蒸发，终于干涸，只剩下两个黑洞。而张四妹女士，她已受了三十五年的这种毒刑。没有人知道张女士患的是什么病。

塔里斯夫医生给“象人”诊断的结果是，认为他害的是“神经纤维炎”。《新生活报》曾邀请吉隆坡皮肤科专家陈胜尧医生前往淡边村给张四妹诊断，他初步判定，她患的是一种“先天性的鱼鳞癣”。诊断书上说：“这种病症是皮肤外层的一种畸形发展，由于全身皮肤毛孔组织构造殊异，以致表皮紧紧拉缩，影响到整个面部器官的正常发育。”陈胜尧医生说：“这种‘鱼鳞癣’使皮肤有更强烈的新陈代谢作用，每逢风沙一吹，或气候燥热时，它就发生奇痒，非常难过，接着就是干裂脱落，取而代之的是另一层新的鳞片。”

陈医生说：

“‘鱼鳞癣’并不是罕见的怪症，我国（马来西亚联邦）患这种病的人很多，只不过都限于局部，当然，都比张四妹轻得多。”

可怕的严重畸形，“象人”“穿山甲人”，在医学上的病称，却是如此的平淡无奇。可能是它太平淡了，“象人”和“穿山甲人”的医生们，都有一个悲观的结论：无药可治。

张四妹女士在黑暗中看到了明灯，当陈胜尧医生为她检查时，她兴奋得浑身发抖，这是她第一次就医，鱼样的眼睛中透着自信她会得救的感激光芒。可是，当她得知无药可治时，她颓然地躺下来，无力地望着她的娘亲，自言自语说：“我是天谴，我是天谴！”使我心头滴下血来：“是天谴吗？是天谴吗？”

陈胜尧医生留下一段希望的话，他说，唯一的办法是治标，尝试着使用一些药膏，使她的皮肤能变得比较嫩滑，也用以加强鳞甲的抗热力。然而，即使这些治标的处方，也是次要的，陈胜尧医生认为，严重的是张四妹女士的眼睛。眼睛有改进的可能性，必须先使她能阖住双目。如果再不抢救，会恶化下去，等她过了四十岁，进入中年之后，生命力开始走下坡路，她将双目全盲。没有一个人不断地用眼球——那在美女身上，被称为水汪汪的秋波，能和光线接触四十年之久而不休息。

到那时，张四妹女士可怖的鳞片脸上，将出现两个黑洞。

“我不是眼科医生，”陈医生说，“但在上下眼睑动手术，使肌肉松懈，在理论上应该成立。”

可是，那要她去吉隆坡求医，而张家是个穷苦的华人农家，负担不起昂贵的费用，如果父母是一个有钱的人，恐怕会带着女儿，走遍世界。可是，贫贱、穷苦、父亲已逝，做母亲的彭仙女士，这位今年已七十四岁，靠着一个小小的果园和捡柴为生的老寡妇，唯一可做的，是思虑她离开这世界之后，她女儿将更加孤苦。

我离开吉隆坡时，留下一点微不足道的钱，请《新生活报》社长周宾源先生转交给她，不要告诉她我的名字，只告诉她来自台湾的一个同为中华人的骨肉之情。然而，我内心充满了惭愧，惭愧我软弱无力，英国维多利亚女王，曾向伦敦医院，用诏书表达她的感谢，因为该医院“收容了一个最可怜的英国子民”，我只是一个渺小的作者，感谢有人能“拯救一个最可怜的中华女儿”。我这一生中所受的苦，又算什么。

四妹，我恨我不如“象人”里的康夫人，我没有吻你的面颊，但我吻你的心——求求你，不要认为我撒谎，事实上我是像逃避刑场一样，尽快逃回台北。一回台北，决定立刻把你介绍给你在台湾的同胞，可是，每一提笔，我都感到一阵一阵的战栗。当我向朋友谈及你时，我也不能终词。我希望忘掉你，但我不能。四妹，我们像兄弟般，你使我挂心，也使你在台湾的血族兄弟姊妹挂心。愿吉隆坡朋友们能传来你终于住进眼科医院的消息，和终于能够阖眼的消息。

【附录一】

张四妹写给朋友凤鸣的信之一

凤鸣：

你好！来信，我于上星期二收到，是在晚饭前收到的，收到你的信，又高兴，而又意外，我以为你功课忙，要迟些时候才能收到你的信，却没想到这么快又接到你的信，你说我可以不高兴吗？你一定觉得奇怪，为什么我会在傍晚才收到你的信，你希望知道吗？你问我的近况如何，好，现在我就告诉你吧，在三月间，有段时间，我由早上去农场，却到傍晚六点多才回家，你知道为什么吗，是为了要长芒果，由于我本来每天都是回家吃午饭的，由于这样的缘故，因此便有些不大也不小的小鬼头去采我们的果子，被人采掉倒不要紧，不是值很多钱的果子，但半生不熟就把它采去实在觉得可惜，所以我便要每天上午八点或九点左右便收拾些菜饭去那里，到傍晚才回家，后来芒果收完了，也就暂时不用去，只是早上去中午回，下午玩到三四点钟才去呢，懒够了吧，最近农场其中有一颗榴莲结了百多粒，将近要熟之时，又有人去树上采，唉！又要去看守啰，真倒霉，好啦，没法子只好去啰，所以呢，我从十四号那天开始又去，是白天去，晚上却由我三兄去守，现在又差不多将要采完了，等榴莲采完之后，我就不必去了，对了，凤鸣，你是否想知道我在那儿中午做些什么吗？嘿嘿，你知道的啰，我是只标准的大蛇，懒透了，还早的时候呢，便去东跑跑西跑跑，喜欢嘛，就拿着一把锄头跑跑，有时候就拿些塑料袋，栽不三又不四的花草树木，就这样又将近中午了，中午的太阳好强哦，真是难顶，实在受不了，所以中午我可不敢跑出去，一直躲到下午四五点才出去，摸摸这样那样，等一会儿又太阳西斜落山了，又是收拾东西回家，冲凉，瞧瞧我种的那些宝贝花，我真糊涂，谈谈，就谈到家里来了，我忘了讲给你听，中午十点多我便开始透火（生火），我有个小炭炉在那儿，可以用来蒸冷饭菜食，一边听故事一边看火，等故事讲完饭也蒸熟了，关去收音机打算食（吃）饭，饭后呢，便去榴莲树附近那间屋子偷懒啰，有时候还有榴莲好拾呢。凤鸣，可惜我与你相隔两地这么远，不然我可以送粒香榴莲（给）你食（吃），我谈了这么多，你听到会烦吗？真对不起，请你原谅，同时也请原谅我到今日才回信，这封信的起稿我还是在农场起的呢，晚饭后才抄稿，因为我知道太差，因此每次写信我必定先起稿，然后才抄稿。好了，接下来谈谈你的吧，好，那票我会寄去给你，你说要稻草，往哪儿去找呢，现在我们想一找稻草都相当困难呢，因为现在很少人种稻，也许多试几次，说不定会成功。凤鸣，我很抱歉，关于你所说的生物实验，我不很明白，你能否解释一下，如果你觉得问题复杂，在信上难解释的话，那么就等到有机会晤面时再解释好了，虽然我无机会念书，但我却时常听到侄女她们说念高中课程很难，而且问题又复杂，我真佩服你们读书人，如换到我这只笨猪来的话，说不定先生都会给气跑掉呢。你们真有本事，天天要应付这么多功课，而且还说要什么做生物实验，为了自己将来的前途与需要，无奈要求上进，你还需要念几年才能完成高中课程呢，修完高中以后又有何打算，能否告诉我？现在又谈回淑芳之事，好的，等我见到淑芳，一定向她解释，你放心吧，你有收过她的信吗？而你又有没寄过信给她呢？我见意（建议）如果收过她的信，而你又曾经寄信给她的话，你最好再次寄信向她解释一下比较好，你说对吗？她是个过来人，绝不会误会你的，对了，凤鸣，婆婆她老人家好吗？试代问候一声好吗？千万别忘了告知我关于婆婆的近况啊，如果她问起我母亲回国之事，你就说还未批准。

好了，改日再谈吧。

祝

前程无限 生活愉快

学业进步 身体健康

愚姊 四妹 字

【附 录 二】

张四妹写给朋友凤鸣的信之二

鸣妹：

你好，你的来信和一张美丽的写生照片，我于上月二十六号接到了，拖至今日才给你回，真抱歉，你不会见怪我。时间过得真快，不知不觉之间，一九八二年又匆匆来临了，特此顺便寄了一张小贺年卡给你，希望你会喜欢。我希望这张小卡片能把幸福和快乐带给你，我会永远为你祝福，祝你新年进步、学业进步、事事如意。光阴似箭，你我相识已有两年多的时间了。你我的这段偶然建立的友情，能维持得长久，友谊永固、永不分散，你我相隔虽遥远，望你我心相连，隔别一方长相忆，好了，以下我有问题问问你：你家是不是接近金河矿场或者你念书的学校是靠近金河矿场？我这样问你是有原因的，我有个堂弟在吉隆坡工作，我曾向他提起过你，他非常希望有机会认识你，他曾经问过我，你是否住在金河矿场附近，假如有机会，而你又愿意的话，他希望到府上拜访你，我堂弟是个很喜欢开玩笑的人，高高瘦瘦，他是个做家具那类工作的。

呜，你有哥哥吗？我有个建议，不知你是否愿意接受，我希望你认我这位堂弟为义弟，你有意见否？呜，你问到关于澳洲电台广播的问题，我愿告诉你，不过我是个很笨的人，我怕我告诉你的，你无法了解我的意思，首先要看你的收音机是否有短波，假如有短波，便可以收听到澳洲电台的广播，澳洲电台的广播时间，是本地下午六点半开始，相信你也知道最近马来西亚的时间拨快了半小时，所以澳洲电台的广播时间，是从下午六点半开始。节目分为两组，那就是分为广东话和华语，华语节目，第一段是下午六点半开始，直到晚上八时整暂止。八时正是广东话节目第一段开始，直到晚上九时正暂止。跟着便是二段华语节目，到晚上十时半止，跟着便是最后一段广东话节目。呜，你是否常常收听广播节目？马来西亚电台的广播你有收听吗？假如有，我可以这样告诉你，希望你明白我的意思，每当你收听马来西亚的节目时，比如星期日早上的节目来讲，当你收听完早上六点开始直到早上九点整止的这段节目之后，而跟着又能接着收听到同日听众点唱这个节目的话，那你的收音机便是有短波的波段了，这样便可以收听到澳洲电台的节目了。好了，就此停笔。

姊 四妹 字

一九八二年一月十一日

导读

柏杨，本名郭立邦，后改名郭衣洞，河南省开封县人。一九二〇年生。他的一生堪称传奇，有人用“十年小说、十年杂文、十年坐牢、十年通鉴、十年人权”来概括他虽坎坷却也丰饶的人生岁月，集杂文作家、诗人、小说家、历史学者、人权斗士于一身，名满天下。六十年代因以杂文尖锐批评时政，导致入狱长达九年，直到一九七七年才被释放。一九八三年开始致力于《资治通鉴》的白话翻译及评论，费时十年完成，毅力过人。九十年代起积极投入人权工作，促成绿岛人权纪念碑的设立。著述丰富，单是杂文就有《活该他喝酪浆》《丑陋的中国人》《家园》等近四十种，其中《金三角·荒城》为报告文学之作。曾获国际桂冠诗人奖等荣誉。

这篇《穿山甲人》，是柏杨在一九八二年七月十二、十三日发表于《中国时报·人间副刊》的报告文学作品，报道马来西亚妇女张四妹全身罹患先天性鱼鳞癣的悲惨境遇，文章见报后，立刻引起强烈回响，各地捐款源源而至，长庚医院也表示愿意免费治疗，张四妹终于在当月下旬来台入院接受治疗。报告文学的时效性、文学性，以及人文关怀精神，在本文中得到了充分的发挥。柏杨文字干净简洁，形象突出，冷静的描写背后是丰沛的情感，从“象人”到“穿山甲人”，层层递写，有血有泪，让人和作者一样为之动容、感伤，从而激起同情、怜悯的情绪，感染力强，实为上乘的报道文学佳作。

——张堂锜

槟榔篮

张文环著／陈千武译

因我出生于寒冷的地方，遇到气候稍微凉冷了，就会想起乡下的许多事情。前些日子，我看着友人从南部买给孩子的玩具，忽然想起了槟榔篮。

槟榔篮是用竹编织的小篮子，漆成朱色，看起来很吉庆。附有耳朵，拿起来，就像很适称的手提包。我小时候，妇人的手提包都是这种篮子。在篮子的耳朵用有绢制花纹手帕结成十字结，新娘们过年时，就拿着这种篮子回娘家。农闲时，老人度着数天的闲暇觉得无聊，只有玩弄着长烟管抽烟，在田园走来走去看看环境。恬静的春阳高高在天空，能够看到小鸟从菜园飞上去。上次嫁出去的村姑娘身穿盛装微笑着，手拿着朱染的槟榔篮，被弟妹簇拥着，沿着田园小路走向这边来。老人细开着眼睛，摸摸胡髭一副心满意足的样子，等到能看清楚了姑娘的脸时，就把烟管拿开了，等待似的望着。

“爷爷，好健康哟。休息期间不出去玩吗？”

“嗯，没有什么地方好去啊。”

“阿金姊姊在家吗？”

“啊，在，在，好像说过你要回来呢，去找她玩玩吧。”

“谢谢！”

姑娘走近来，就打开槟榔篮的盖子，捧在双手说，请用。

“我有，不客气啦，这样子的槟榔，我的牙齿没有办法嚼呢。”

“那么，请用香烟。”

“不，我喜欢这烟丝，比卷的香烟好。留下来请年轻人用吧。”

“咦，爷爷真客气，那么……”

“啊！去找她玩玩吧。”老人十分高兴。

这样一幕镜头会浮显在我的眼前。一个只不过是二三十钱的竹篮子，那种风雅的样子是无可比拟的。那位姑娘回到村子里，露出非常高兴的脸，把槟榔篮拿在手里，到亲戚家朋友家一一去打招呼。她彬彬有礼地、谦虚地、用一只手打开篮盖，请亲戚朋友用香烟或槟榔，她那种温雅的姿容，简直就是一幅东洋画了。我曾经跟随回娘家来的姑母的女儿——表姊，拉着表姊的衣袖，一起巡走于亲戚的家中。

“不行，今晚决定要在我家吃晚餐的啊。”

怕客人被别人抢走，紧拉着表姊的衣袖不放，一直回到家为止。小孩为什么那样喜欢客人来自己家呢，现在回想起来也觉得很有意思。

我们常在过年时，把黏在椅子或门柱的米粉团剥下来，或玩抓鼠妇虫来占卦的游戏。把米粉团用水洗了之后放在火上烤，很快会膨起来。看米粉团皮膨胀的情形，占卦阿姑会生男或女？如果米团在火上膨胀得高高地突出，就是生男孩。而膨胀的团皮，如果突出了却又立刻破掉，就是生女孩。而鼠妇虫的占卜方式是把虫埋在米糠里，如果虫爬到堆高的米糠山上才出现，就是生男孩。如果虫是从山腹爬出来了，就是生女孩。新年休闲时候，我们就找这些原始的游戏来度过。空气里包容着阴影，天空阴沉沉。我们从这边的田园跑到那边的田园去摘蒲公英的花，烤番薯吃也很快乐。在游玩当中会看到其他回娘家的女客人，手拿着槟榔篮走在田园小径。因为村里的人散落在各个角落，所以要去朋友家，走田园小径才是近路。那些姊姊们，虽然是别家的姊姊，孩子们都不像现在的孩子，光叫人家名字而不加敬称。因此到了现在，一看到那朱漆的槟榔篮，我便会想起那浪漫的情景。

导读

张文环，嘉义梅山人，一九〇九年生，一九七八年逝世。他于一九三〇年进入东洋大学，参与左翼组织而遭取缔辍学。一九三三年参与《福尔摩莎》杂志，一九三五年成立台湾文艺联盟东京支部，并以小说《父之颜》获日本《中央公论》征文佳作。返台后于一九四一年创立《台湾文学》，成为战时本土文坛灵魂人物。

《槟榔篮》是一篇充满日据时期台湾乡土风味的散文，作者细心观察乡下出阁后回娘家的姑娘，假如要到附近邻居走动，必须提着“槟榔篮”出门，篮内放着槟榔和香烟，逢人则敬槟榔或香烟，充分显现乡下的人情味和人际间的互动。由于这样的风土民情，才有“槟榔篮”的产生，而这样浪漫的情景，唤起作者的童年记忆，包括过年为回娘家的阿姑占卜是生男或生女，这些旧习俗如今虽已不复可见，透过本文却仍栩栩如生。

——羊子乔

无 题

赖 和

明天是她结婚的庆典，可没有一点点东西，表示些祝意吗？我心里想了又想、默默地想——她会收起来吗？一定的，一定不敢拒绝。

但是她如果收了起来呢，她能不能生起别一种的感觉？

是——感谢呢？嘲笑呢？鄙薄呢？惭愧呢？唉！总会使她澄虚的心海，漾起一缕缕的波纹，何必令她烦闷呢？不是诚意地祝她快乐祝她幸福吗？何必？

爱吗？憎吗？好吗？坏吗？

在她的脑海里，总有我的残像站立的位置，不过会渐渐地由没而消灭吧！可是勿令她有那由潜意识里再明了起来的一天！

一阵喧天的锣鼓，从前街过来，一双脚不由自主地把我的躯体，搬运到街上去。

“看热闹去啊！妈妈。”街上的孩子们走着在喊。

排排惹人羡慕的很体面的娶新娘的行列，几十盏春盛已停在她家门前了。

金镯子、嵌宝石的指环、翡翠的颈饰、最时兴的衣衫，这些物件，当能使她满足、快乐，她真的已经满足快乐了！我喃喃地独语着。他们呢？已把它一件件收进去，又把陪嫁的对象，一件件搬出来。

“陪嫁银两千块，妆奁田百亩。”

我看见这些，心里觉到一点慰安，她已得了一生的幸福了。

炮城燃着火了，鼓乐吹奏起来了，花轿抬出来了，我的眼睛皆花了。蓦然的一声声啜泣的音波，冲动了我的鼓膜，唤醒我懵懵的意识！

唉！她哭着呢！为什么哭泣啊！在恋念她父母吗？在挂念她兄弟吗？舍不了她住惯的房子吗？定不！她不是很快乐了吗？不是已开始她幸福的生的旅程了吗？

为什么哭着呢？逃不了做新娘的老例子吗？唉！我的脑筋又迷惘了啊！

一样去年的园子，一样深绿的夏天，才经过一番的风雨，遂这么暗没啊！依旧这亭子，依旧这池塘，荷叶依旧地青，荷花依旧地白，可是嗅不到往年的芳香！找不出往年的心境！唉！我的心落到什么地方去啊！

“汝的父母说：‘汝是怎么轻浮不规矩，学业常不关心，实在是没有后望的孩子。汝哥哥呢？亦说汝不顾本分，只晓得花钱，不是个可栽培的子弟。’我很盼望汝留心一点，勿落人家笑话！”

她那恳切的劝诫，音波还在我鼓膜里颤动着。现在她亦把我当成是靠不住的青年了。方今的世上再没有人，承认我也是个青年分子，简直做人不成了！

依旧这亭子！依旧这池塘！

坠入这被诅咒的世界，
留得知觉吃的生着在！
虽永绝了阿母的慈爱，
失去了弟兄的期待，
被全数的人们外待，
亦感觉不到这样痛苦悲哀。
我忍住泪珠吞下哭声，
恭敬地接受爱神的奖品，
自愿做恋爱的奴才。

炎日渐渐地昏着，
凉风丝丝地吹着，
云阴慢慢地移着，
池水粼粼地皱着，
无限自然的背景，
映到了我的眼睛，
总觉着凄凉惨淡，
似向着这劣败者，
表示她的吊慰和同情！

鲜丽的野花仙是在怜我——
被厌弃者的孤零！
特地放出沁肺的温馨，
枝梢的新蝉似是能解我——

被厌弃者的惨戚!
亦唱她爽耳的歌声,
使我心里恍惚得到光明,
觉到我已经成了可怕的,
一个模范与一个定则,
要现身给所有愚人看个清。
我也曾有过十二分,
放在恋爱上的真诚。

导读

赖和,原单名河,亦名葵河,字懒云,另有笔名甫三、安都生、灰、走街先、浪、孔乙已等。一八九四年生于彰化市,一九四三年逝世。赖和兼治新学与旧学,汉诗与新文学创作并行。一九一八年赴厦门,任职于鼓浪屿博爱医院。一九二一年加入"台湾文化协会",获选为理事。曾主持《台湾民报》文艺栏,培育新文学作家,一生尝两次入狱,是日治时期台湾新文学运动的开创者,有"台湾新文学之父"之称。

《无题》是一篇真情的告白,讲述"我"的感情波折与心理反应,面对心中系念的人要结婚,只能一再反省被弃的原因,看着出阁时体面的阵势,只能表达祝福,表达了对于男女感情升华的期许。

——羊子乔

垦园记

杨逵

台北近郊有阳明山，彰化近郊有八卦山，高雄近郊有寿山；都距市区很近，交通方便，眺望甚佳，是郊游散步的好地方。

我喜欢这些地方。也住过一段时间。

很早我就看中了台中近郊的大度山，梦想在这地方依照自己的设计开设农园，种些花木水果，过逍遥自在的田园生活。

就是这个梦想，促使我借钱在东海大学前买了这一块不毛之地。

有人问我为什么要买这不毛之地。

理由很简单：“有毛”之地太贵，买不起。

买了之后，饱受孩子们的反对与朋友的责骂，说我这个幻想家自讨苦吃。

孩子们各有所好，对此荒地没有信心，自然不能合作；又没有钱雇工帮忙，买地借钱的利息每月要付，实在是注定有苦吃了。

在这进退两难的时候，我决心苦干下去。

吃苦我不在乎。在我一生中，苦是吃惯了的。

可是，为了借钱而低头，为了缴利息而奔波，却非我所愿。

幸亏，老妻能容忍，一直替我分担了这些苦差。

我挂起了个小小招牌：“东海农园”。

又盖了一所小小的山房，以避风雨。

用最原始的农具，一坪一坪地把荒地开辟，再一坪一坪地下种花木蔬菜。

浇水要到好远的水圳挑，停水时没水浇，欠水时水利会员不让挑。

晚上捡石头，一担担挑开都要做到深夜。照明工具是最原始的“壁虎”煤油灯，小小的风都能吹熄，便在黑暗中摸索。

当“东海农园”在这满是石头的荒山上开创之时，连附近的农民都笑我们是大傻瓜。

但事实证明，只要设计得法且有恒心，荒芜之地都可以变成美好的花园。

现在，这人人看不起的将近三千坪的不毛之地已经垦熟，种满了几百种花木，一年四季都有花开。水电灌溉设备已充足。

参观的人渐渐多起来了。

有人说，这里好像是公园。

我也乐意把它称为“东海公园”，自娱娱人。我更充满了信心，想加速把这小小的私立公园充实起来，变成为郊游的好地方，免费让大家游览。

我这个幻想家的幻想愈来愈大了。

我看到豪华的高楼与宏大的工厂天天在建设，也看到了脏乱的地方正在增多。要是没有在这些建筑物之间配合花木，使环境整洁幽雅，那就等于画龙没有点睛。如果大家也愿意幻想幻想，我们乐意为大家设计、施工，以实费（成本）把“东海公园”的好几百种珍花异木推广到每一角落，使整个城市公园化。

六年多来的经验，使我们有把握在破砖乱石之上种花，把脏乱的地方变成美好的花园。在屋前屋后、屋顶上或者窗口的小小地方种种花木，摆设几个盆景，实在是最好的点缀。

我们高兴做大家共同的园丁与庭园顾问，认真为大家服务，为大家解决灌水、施肥、修剪，以及防治病虫害等管理上的一切问题。

最近有一位编辑来观光，问我近来有没有写诗。我笑着说：“在写，天天在写。不过，现用的不是笔纸，是用铁锹写在大地上。你现在所看到的，难道不美吗？”

他承认了我的说法之后，说：“是的，这是一片美好的诗篇，是你不凡的创作。尤其你这六年多来的奋斗，更是一部感人的故事。不过，能够到这里来参观而听你讲这故事的，终竟有限。用笔写的东西，传播力更大、更广、更久远，这事实你能否认吗？”

导读

杨逵，本名杨贵，台南新化人，一九〇六年生，一九八五年逝世。日本大学专门部文学艺术科肄业。一九三四年以《送报夫》获东京《文学评论》第二奖（首奖从缺），成为首位进入日本文坛的台湾作家，其后担任《台湾文艺》编辑，再另创《台湾新文学》杂志。战后初期曾创办《一阳周报》，主编《和平日报·新文学》《文化交流》等。一九四九年因发表《和平宣言》入狱十二年。晚年于台中经营“东海花园”。一九七六年绿岛狱中作品《压不扁的玫瑰花》被选入台湾教科书。一九八二年赴美参加爱荷华大学之国际作家写作坊。曾获吴三连文学奖、第一届“台美基金会”人文科学奖、盐分地带文艺营台湾新文学特别推崇奖。著有《杨逵全集》十四卷。

《垦园记》叙述杨逵如何把一块不毛之地变成美好的花园的过程，也表现了作者乐意将辛苦种作的花园推广到每一个角落，使整个城市公园化的奉献心境。

此外本文也以一位编辑的问话，引述杨逵晚年“用铁锹写在大地上”的笔耕生活，洋溢着一种平和、坦然和充满希望的人生境界。

——羊子乔

农村的回顾

郭秋生

肃静里的农村，觉得是似乎不知道人间上有什么苦厌。

艺术家眼中的农人们，一意以热烈的血汗，凝固着神秘的色泽，不少停地美化着自然的伟观。

那不知底止的反复工程，老实是有胜过画家几倍的坚忍力，又好像是人类的创造的快乐表现。

就是炎威当权的时节。那些多情多感的诗人们，可是很失望地找不出着什么赞美自然的诗歌来慰藉这创造欲的心境。

还是农人们的艺术思想自然，堂堂的旗鼓，依旧没有忌惮地，描写着绝大的希望，去迎接那有终美的结晶。

是了！大约是“劳动的神圣化”“劳动的快乐化”这两句没有当用的标语，有些忠实地，去作个象征而然。

料不到这两句标语，竟现实地不满满抗议起来了。

恰是丰满的瑞穗，整然地显著黄金色彩的时候。那耀赫赫的光辉，差不多是表示着这样是努力的报酬，殊不知农人们的感想，是否心中怎样错觉，很紧张着脸，绝不望浮上什么光彩来表现着这满足后的快乐。

只是素朴地屈着指头，数数一五一十，后来抚着中心，展一展愁眉，似乎再泄了一口气，始道个“万幸”以外再也没有说出什么词句来形容。曾听得父老们说：

“查媒□肉，永远是在有食无□田地[①]。”

照这口气想来，就无怪农人们的紧张，可是要像吊桶般样的一上一下，才算是合了心理上的主张。

没有远虑的光阴，明灭地过去，似乎是强迫着农人们和他竞走一样。

却是不容迟疑的前程紧迫，所以连句辛苦都也没有工夫去说了。

轻嫩的秧苗，虽受着农人血和汗的倾注，愉快地一天一天长得很进步了。但是他们的思虑，要比这秧苗的发育更富活力，好像是一对十的比例来了。

炎夏也果敢地遁去，来者是微妙的秋风爽利地到处报信，就像对每个人下了一服的清凉剂般的感觉了。

就是那浓绿绿的稻丛，似乎亦感谢着自然的灵妙，勃勃然像碧海的浪波一样，雀跃地腾跳。

独农人们的脑海中，似乎是强也强不得同享这样的印象，倒是处处的严肃，浅显地宣告着要加些意去紧张。

秋既高、蟹将肥的时候到了。沉甸甸的瑞穗，粒粒齐整排列，很可爱。早就路边经过的人们，没有一个不大大地赞赏好个自然。

怪巧这巧农人们的头脑，难道是铁打的不成，又是很冷静地浮上不肯和他人同意的表情。

---

① □，原文无法判读字。

有一日，突然间□[1]暑的不像凉秋的状态。旋见白日地杂着细雨飞散。热焰焰的上空一角，霎时间又变作黑暗的地狱。

好亲热的日光儿，再也不敢露出面目来了。不愿多来的雨儿，亦恣意地顽作，殊如那助桀为虐的风儿，更是无顾忌地加势了。

啊！可是不可免了吗？

缄默中突来的霹雳一声，好像是临阵的野兽号唤，那不愿多见的仓惶，独吸住农人们的心境。

果然，在洋狮吼一般的风雨，肃杀奔腾的声音，连续振动着人人锐利的耳鼓了。

惨了！惨了！

这句很绝望的形容词，又是不离他们和耕牛的悲鸣声，家畜的骇奔声，小儿的惊啼声，杂乱的涉水声，幽暗地相寻并发。

既而黑暗的地狱轮转去了。蒙蒙的白彩软弱地移来，觉得是绝望地，乍受着光明和慰安的福音。

险恶的黑云消了。

可恨的风儿亦静止了。

很凶恶的雨儿亦去得干净了。

那和蔼的日光，似乎是遗憾地赔个不住，然后徐徐普照起来了。

万千的事物，也都恢复得完全了。

只有农人们的脑海，梦也梦不到恢复丝毫的地步。

就是庭前后的绿荫，既无残地弄着骇骨，很对他们表示着充分的骇怖。

---

① □，原文无法判读字。

那伶俐的娇鸟们，也觉着既失栖身的所在，无恋意地弃它们去了。

孤独了！

没有生趣地过活了！

然又舍不得这孤独和没有生趣地过活。唉。

导读

郭秋生，笔名有秋生等，一九〇四年生于台北新庄，一九八〇年逝世。他八岁入公学校，后毕业于厦门集美中学。二十岁进入台北江山楼担任经理，开始与文化人士接触。一九三二年创办《南音》半月刊，与赖和、黄石辉等人掀起台湾话文论战。后与廖汉臣组织“台湾文艺协会”，先后创办《先发部队》《第一线》。他的一生大多在江山楼度过，也曾经营茶叶、贸易事业。

郭秋生深受社会主义影响，信仰无产阶级的劳动神圣说，因此这篇《农村的回顾》表面书写农村生活，歌颂生活在大自然的农夫，胜过画家来创造快乐，也比诗人更能赞美自然，慰藉人们的心境。实际上则又隐喻日据时期台湾社会的发展，初时一如“轻嫩的秧苗，虽受着他们血和汗的倾注，愉快地一天一天长得很进步了。”然而不久就遭殖民者打压，发出“惨了！惨了！”的呼叫；最后因饱尝折磨，只能“孤独了！没有生趣地过活了！”

本文隐藏着郭秋生的社会主义思想，也反映出日据时期左翼进步青年的心境和理念。

——羊子乔

扶 持

张 拓 芜

多年以来，它一直是陪伴我、扶持我的好友兼忠仆：几乎每有行动就无时无刻须臾不离的伴侣。

它是我的杖。

杖有扶持、仰赖、伴行等诸多意义的综合，二十一年来它的忠诚，无怨无悔的完全奉献，令我心折得愧怍。

八千多个风雨、崎岖的日子里，虽然形影不离，贴心贴肺的陪伴，我却从未重视过它、抚慰过它；反之，有时却还有些嫌厌。譬如搭公交车吧，仅有的一只手要紧抓住柱子，要掏钱付车资，司机又是一副好不耐烦的神色瞅着，弄得我慌乱又羞惭，狼狈不堪，这光景厌恶之心陡然升起：都怪你碍手碍脚，增加我的麻烦，害我众目睽睽之下手忙脚乱地出洋相，司机的鄙视怒斥令我无地自容！到站了，我得下车。就在一足踏地的那一刹那，一股羞愧、歉疚之念喷浆般升到喉口，好个忘恩负义的老浑球！

真的是老浑球，在需要它时从未感觉它的存在和重要，不需要时又嫌它累赘、妨碍，何其现实如此，浑球如此？手杖有知，定感到无限的齿冷与心寒！手杖是绝对忠贞又无比委屈的，与我们的上一代一般农村家庭中童养媳处境极为相似；善良、忠贞、婉顺、委屈、无奈无告，是最卑微、最甘愿奉献却又最得不到回报的。

自责常常“发生”，但我的记性不好，忘性儿大，刚刚痛切自责，并且指天誓地下回绝不迁怒这根只默默工作从不多话的手杖，可一转身就忘了个一干二净。之后就一直悔悔改改、重重犯犯中回回旋旋个没完没了。

手杖也的确会给我带来一些不便和累赘，然而过不盖功，瑕不掩瑜，它的功劳依然一等一。每当我一起身，一迈步，必然先拿起它，没了它，我行动大有问题，但我时常忘了它的存在。

二十一年来，用过近十支手杖，类别计有铅制的、竹制、木制的、树根、藤条的等等，但我最钟情的还是藤条的。一来取其价廉，一根索价百元左右，质轻又不易发霉长白斑；二来取其极易买到；三来取其貌土，其貌不扬。其貌不扬正契合我这老而且残的身份。

杖是用以帮助老、病、残走路用的；即使是“断后龙袍”的李太后、杨门女将中的佘太君这等尊贵人物所持的那根金光闪闪的龙头拐杖，也是拄以行走之用；李太后在沉冤未雪之时和钓金龟中的康氏、清风亭中张七婆婆用的均是随处可捡的竹竿以为杖。

美国老牌影星弗雷德·阿斯泰尔、金凯利、弗兰克·辛纳屈等人在歌舞片中既歌又舞，除了头上一顶硬质高帽子，手中总不离那根白色或银灰色的“司的克”[1]，两样皆是道具。是极少数不是仗以行路的杖。可

① 英文 stick 的音译，意为“棍子、手杖”。

是台湾有位年纪不大既富有又骚包的“仁弟”除了以一座金马桶炫人之外，又炫之以老虎皮和一根金手杖，你年纪轻轻，不残不病又不跳（表演）爵士舞，世上能玩的花样多多，为何用黄金打造一根手杖，那么重，你能用它拄着行路吗？真是富而无聊透顶！

藤杖价廉的原因是竹头木屑般的剩余物，是做家具截断的废品，据说是从印度尼西亚进口的。藤的纤维长，重量又极轻，不易割制，一根可用上三五年，但我两年换一根。

藤条运到台湾，干湿度适中，用久了便干，干了容易裂断，我见过一位老者依恃手杖太重，而木质手杖喀一声而断，不但使老者踉跄摔倒，手掌且被断杖刺伤，血流不止。

为安全计，每两年换一根。

另外一个不成理由的理由是，我已多年没有过年添置衣鞋的习惯，换根手杖也算替换年作个纪念，同时新手杖上手也能使精神一振。

竹木类手杖，古人大概不会少用，因为取舍容易，登山涉水，路边柴堆随便捡一根就是；较讲究一些就去刺棚（荆棘丛）中砍一根，削去细枝蔓叶，就很拉风了。

在诗古文中赏读到策杖行吟游历的诗人，其中且以藜杖居多，藜藿常是一体，荆棘丛中之物是否即是藜藿不得而知，反正它是根曲古怪，带点瘘，能称手的藤质手杖就是了。

古人书上说，五十杖于家、六十杖于乡、七十杖于国、八十杖于朝，意思大概指到了这个年纪，就可以拄根拐杖走路而不被说闲话？十几年来我一直拄着手杖往来于新店与中、永和之间。没有盘缠更没有必要公务商务出岛，且不论他；至于杖于“朝”，年纪还不够，而且连里长邻长都不认得，哪够资格杖于“国”、杖于“朝”；“总统府”前的介寿路倒是经常路过，不过人坐在车中，杖在怀中，从来没有拄着手杖亲自步行过。

这也不是什么憾事，我把朝字破破音，每天（通常）早晨五点多，朝阳尚未冒头之际，我就在屋后小丘散步了，直到散步完，吃了早点，买了小菜回家，朝阳差不多在七八点的位置，杖于朝，也算是一种虚荣的过瘾。

导读

张拓芜“代马输卒手记”系列的散文，是他“左残”以后的作品，也是他真正创作散文的开始。内容就写乡土，写民俗，写离散，写战斗，重现个人生命的困境，也重现时代的悲哀。

张拓芜个性直率，所以文字毫无矫饰，大兵笔法应该以他为代表。《扶持》可以看出他对“物”的深刻感情，就是这样的深刻感情让他成为“老兵文学”的标杆人物，他的散文直剌剌看出大时代里小人物的悲辛。

——萧萧

图书在版编目（CIP）数据

就这样走到了故乡 / 余光中等著；向阳编. -- 南京：江苏凤凰文艺出版社, 2018.11（2019.4重印）
ISBN 978-7-5594-0383-4

Ⅰ. ①就… Ⅱ. ①余… ②向… Ⅲ. ①散文集－中国－当代 Ⅳ. ①I267

中国版本图书馆CIP数据核字（2017）第317656号

书名	就这样走到了故乡
作者	余光中 等 著　向阳 编
责任编辑	邹晓燕　黄孝阳
出版发行	江苏凤凰文艺出版社
出版社地址	南京市中央路 165 号，邮编：210009
出版社网址	http://www.jswenyi.com
发行	北京时代华语国际传媒股份有限公司　010-83670231
印刷	北京中科印刷有限公司
开本	880 × 1230 毫米　1/32
印张	8
字数	140 千字
版次	2018 年 11 月第 1 版　2019 年 4 月第 2 次印刷
标准书号	ISBN 978-7-5594-0383-4
定价	49.80 元